阿斗

红柯 著

中国青年出版社

不断地有人摹仿阿斗，

剽窃阿斗，

那都不是真正的阿斗，

还是听阿斗我自己来说吧。

第 一 部

1

我们这个时代充满战争阴谋和野心，在这种情况下我和司马昭谈论欢乐和幸福，显得那么不合时宜。这个话题很快就传开了，阿斗我就成了天下笑柄。这就是乐不思蜀的故事。胜利者司马昭要扩大战果让我出丑，他哈哈一笑，当场封我为安乐公。我从蜀国带来的旧部在落泪，司马昭的手下快乐得手舞足蹈。这种仪式性会谈往往言不由衷，无法满足司马昭的好奇心。

他又跟我交谈过三次，我记得不错的话就是三次。

我只带了两个仆人，他也放下架子，在书房会见我，他的门前也只有两个卫兵。阿斗所到之处，精兵猛将是没有用处的。我毫不客气地告诉司马昭，跟阿斗见面需要带刀侍卫吗？司马昭脸就红了，摆摆手，两员猛将换成两个仆人。房子里就我们两个人。司马昭坐主位上，我坐在台阶上，毕竟是阶下囚嘛。他要杀我那可太容易了。我心里害怕，嘴里还得谢人家的不杀之恩，谢人家大人不计小人过还给我官做。"真的假的？"司马昭的眼睛细细的。我告诉他：我算过了，在蜀国的时候我是皇帝，到了洛阳，位列公侯，不就是降了两级吗，这算什么呀？我不是活得好好的吗？司马昭就乐了："你这小子，让我乐了两次，我当大将军都没有这么开心过。"

"大将军八面威风，你能不高兴？"

"大将军确实威风，可风险也大，整天提心吊胆的。老实告诉你，我从来就没有笑过。我都不会笑了。你这小子，满脸的福相，到了洛阳竟然让我笑了两次，太不可思议了。"

"晋公想笑还不容易吗？"

"有什么高招说出来。"

"任其自然，想干吗就干吗。"

"这不是老庄那一套吗，太玄奥了。"

"那就和为贵，爱人如己，四海之内皆兄弟。"

"哈哈，你小子给我来孔孟之道。"

这话我听过几十次，相父孔明还有不少的老师，在我幼小的时候就用各种经典来教育我，我天生就不是成大器的料，更不是读圣贤书的料，我的脑壳进水了，美好的东西进不去。我就直杵杵告诉司马昭，我最不喜欢的人就是相父孔明。司马昭很吃惊。

"为什么？"

"他老教训我，前一个出师表后一个出师表，他成了鞠躬尽瘁死而后已的大忠臣，我成什么人了？我他娘的早就成昏君了，早在你们魏国的大军入川前十几年我就威风扫地，让他给灭了。"

"有道理有道理，咱们先不谈诸葛孔明。"

司马昭太狡猾了，放过相父孔明，他就把先主刘备拉出来。大家知道先主刘备是曹操青梅煮酒论英雄的时候上了排行榜的，位置挺靠前，曹操从来就没有小瞧过先主刘备，司马父子连边都挨不上。这也是个不好把握的话题，容易捅司马昭的肺管子。不等司马昭开口，我马上搬出关羽关云长。司马昭愣住了。我的脑壳一下子灵光起来："先主当年要立义子刘封为太子，大家都不吭气关羽大声嚷嚷冲上殿来实话实说，有阿斗刘禅这个亲儿子立养子干什么？我才顺利地立为太子。"司马昭的小眼睛还在滴溜："赵云赵子龙长坂坡救过你的命，难道他比不上关羽？"

"救命和立太子哪个重要？"

"嗬嗬，你挺看重太子这个位置嘛。"

我已经站在刀尖上了，我是谁呀，我是阿斗，我只图快乐，我就抓住快乐不放，我很轻蔑地扫一眼司马昭："你是装糊涂还是装疯卖傻，王公贵族的生活标准跟平头百姓一样吗？贵族的爵位还分公侯伯子男呢，吃什么喝什么住多大宅子坐什么车是有讲究的。"司马昭的嘴张得那么大，跟青蛙一样。我破天荒第一次开导一个大阴谋家大恶魔一个血腥的刽子手，我还拍了拍他的肩膀，"这年头，吃好喝好玩好，在世上多活上那么一阵子比什么都好！"司马昭闭上大嘴巴。他的嘴巴可真大，无论张开还是闭上，都挺吓人的，男儿嘴大吃四方，他能把太阳吞下去。我不能老开导人家，没有人喜欢被别人开导，我该表白一下我自己。"其实呀，赵云关羽对我都不错，我这人很自私的，人家对我好，我就记着人家的好。"我趁机向司马昭行了一礼，礼多人不怪，我一边行礼一边说，"晋公待我呀比关羽赵云还要好，我这种亡国之君，晋公还封很高的爵位，不但有地位，还对我的口味。安乐公，开天辟地以来我是第一个得到这个封号的人。晋公待我太好了！"司马昭一下了被感动了，多少还有点不自在。我知道他心里想什么。安乐公的本义是埋汰我挖苦我讽刺我极端地看不起我，他压根儿都想不到他挠到我快乐的神经上了。傻了吧。吃惊了吧。城府很深的人露出傻相挺有意思的。司马昭很诚恳地告诉我："你小子真是个老实人，天下人都跟你一样天下早就太平了。"

司马昭拉着我的手拍啊拍，我估计这老王八蛋也是平生第一次这么诚恳。司马昭之心是什么样的心？路人皆知路人皆不敢言啊。阿斗我竟然让这颗冷酷的心感动了那么一下，热了那么一下，这不挺好吗。

这种气氛就适合关羽出场。但必须放在第二场，得把他的胃口吊起来。

关将军在曹营待过一段时间。老实不客气地讲关将军是在曹营名扬天下的。关公斩颜良诛文丑，千里走单骑，水淹七军，囚于禁刀劈庞德威震华夏。这些壮举我都轻轻带过，我更多地讲述关将军的生活琐事，讲英雄的另一面，也就是关将军不英雄的那些故事。当然喽，更多的是阿斗我的种种猜测。完全是我心目中的关羽关云长，阿斗化了的关将军。

司马昭咳嗽了一下，毫不客气地加入到故事当中。滔滔不绝，胡吹冒聊是人之所好，是人类的天性。我就留下空当让司马昭施展手脚。这小子，智商天下第一。他把我的故事全给搅了，听了半天我才发现司马昭在有意识地不动声色地修订被我篡改的关羽关云长。司马昭喜欢关老爷那把大刀。司马昭喜欢关老爷的巨大声望。我脑门上的汗都出来了，我是不是猜错了？我就小心翼翼地讲起先主刘备的故事，我是儿子，我最有权利讲我的父亲，司马昭你这老王八蛋没辙了吧！司马昭是很知趣的，我讲我父亲他只能乖乖地听着。我讲得声情并茂流畅自如一气呵成。但我低估了司马昭这个坏小子。他这是欲擒故纵。我讲累了，他开始了。他要说话谁也管不住，要说就让他说吧，只要他不骂我父亲就行。我的担心是多余的。司马昭是无限敬仰无限热爱地在叙述先主刘备。好像他是先主刘备真正的儿子，我不是，阿斗不是。我这么傻我都听出来了，司马昭比我讲得好，他用不着声情并茂，他简直在进行一次灵魂独白，低沉的嗓音那么有穿透力，窗户上的纸都在嗡嗡响，他简直在讲述自己的父亲。我的眼前一会儿是老谋深算的司马懿，一会儿是哭哭泣泣的先主刘备，我估计司马昭此时此刻也是这种心理，司马懿与刘备交替出现。司马昭不是在修正我的故事，他直截了当取代了我，他成了叙述者，我对父亲的任何理解都不符合他的心愿。他有他的道理，大家都是这样理解先主刘备的。司马昭在捍卫先主刘备，先主的光辉形象不容任何篡改，包括我这个亲生儿子。

最后出场的还是相父孔明。我们蜀汉最最核心的人物，摇鹅毛扇子的相父孔明，这是压轴戏。司马昭是明白这一点的。司马昭也变得神经兮兮，那张阴阳脸什么表情都没有。这也难怪，相父孔明本身就比较诡秘，阴阳难测，一件八卦衣，飘飘欲仙，冷飕飕的，好像坐在阴曹地府讲鬼故事。我的智力基本上是小孩的水平。我竭尽全力说出心目中的相父孔明，结果适得其反，离司马昭的心愿越来越远。我紧张得不得了，我的舌头都木了，我万分沮丧。司马昭很同情地拍拍我的肩膀："到此为止吧，好好休息。"

我走出大门坐上车子放下帘子长长出一口气。我忽然明白了，司马昭是喜欢相父孔明的，他的神情和目光里全是对相父的钦佩啊。我愣了好久。我总算明白了，先主刘备、关羽关云长、相父孔明跟司马父子是一路货色，我是不入流的。阿斗算什么呀！扶不起的阿斗！大傻瓜阿斗！没有心眼没有脑子的阿斗啊！我骂了一会儿自个儿，就不难受了。我把什么都忘了。

2

我在洛阳的宅子很大，里边的摆设就更不用说了。仆人有一千多人，其中二百多人是司马昭派来的。我从成都带来的原班人马就有五六百，够用了。陆陆续续又来了好几百蜀国的旧部，也就是原来关羽张飞赵云马超姜维的老部下，都投奔到我这儿来了。我还怕开销不够呢，没想到司马昭那么大方，实报实销，再追加二百人，地地道道的魏国人，精壮的北方大汉，我从四川带来的人员显得那么矮小精瘦，猴儿似的。让这些北方汉子侍候阿斗有什么不好？挺好的吗！

管家给我递眼色，我的贴身太监黄皓踩我的脚尖，什么意思嘛？我真的不明白。我这人从来不会猜人心思，除非把我逼急了。现在这种情况，不急嘛。我突然想起来了，我那伟大的祖先汉高祖刘邦，在跟项羽决战的节骨眼上，韩信派人来要给他加官晋爵，高祖气得破口大骂，刚骂出前半句，张良还是陈平，我记不清了，反正是个摇鹅毛扇子的军师轻轻地踩了高祖的脚尖，高祖反应多快呀，前半句是"我操我操韩信他奶奶的"，后半句成这样了：

"男子汉大丈夫，要做王就做真王，他奶奶的，要假齐王干什么？真齐王，封韩信为真齐王。"高祖刘邦把他的愤怒装在肚子里，就这么把韩信的信使给骗了，把韩信也骗了。当然骗得最惨的还是项羽这个大傻瓜。我们老刘家从高祖刘邦开始，一直到先主刘备，那种气质那种精神你不能不佩服。他们做梦也想不到会出这么一个阿斗。阿斗是不骗人的，阿斗说不了假话，阿斗又回到那个被老刘家骗了的第一个大傻瓜项羽的位置上。我的脑壳子在这个时候还是管用的嘛，我就设想，我要是活在项羽那个时代，我一定会跟项羽成为好朋友的。他也基本上是一个大孩子。孩子多好啊！天真、透明、没心眼、心是实的。我都这年龄了，心眼还这么实。我就瞪黄皓一眼，又瞪管家一眼，我还咳嗽了一下，他们就安静下来了。最好安静一点，乱动什么呀。我清清嗓子，说了几句感谢司马大人的话，礼多人不怪，不管人家什么目的，二百个大活人，搁哪儿都是一份大礼！二百条壮汉搁战场上是什么情况？搁阿斗府上，你们放心吧，我会把他们变成和平战士。

我说："你们都留下吧，咱们是一家人了，休息两天再上班，两天够不够？不够再加两天。"

他们面面相觑，他们在司马昭手下过惯了军事化的生活，一时半会儿还适应不了我这种人情味浓厚的宽松气氛。我就让管家把他们带下去。作为对司马昭的回应和信任，我特意从这二百人当中选了十几个留在我的身边，做贴身侍卫。人家送一份大礼，你最好是当众品尝几口，面子上好看。

他们都出去了，黄皓一个人待在我身边。这个没球的家伙，侍候了我一辈子，我还真离不开他。这小子贼头贼脑到门外看看，又到窗户那边看看，大白天的竟然把门窗全都关上。我问他这是干什么？他走到我身边，他的脚步轻轻的，跟鬼一样没有声音，他的嘴贴在我耳边，他要对我说悄悄话，我就乐了，说吧，你这没球的家伙。我这么说他从来不生气，我没有恶意，我曾经跟他说过："黄皓啊，你要是有鸡鸡多好啊！""臣不敢。"黄皓吓坏了，我还记得他当时跪在地上瑟瑟发抖的样子。那时我还是太子，还没有结婚，但我想方设法搞到了一个女人，黄皓立了大功，我很早就接受了男女间的启蒙教育，那种快乐是永生难忘的。我自己快乐，就想把快乐带给每个人，至少给我身边的人。这才发现我身边全是太监。我问黄皓你痛苦吗？黄皓说他很快乐。没有女人的快乐算什么快乐呀？我给他讲女人的种种好处，他听不懂，但他理解这种快乐。他知道让我怎样快乐。"太子殿下是个正常的男人，我们太监不是。""你不是人吗？""我们是人，但我们既不是男人也不是女人。"太可怕了，世界上竟然有这么一种不男不女的人。那时我就发誓我做了皇帝要改一下这个可恶的太监制度。我登上皇位以后，就提出这个顶顶重要的问题，满朝文武全都惊呆了，他们难以想像皇帝的后宫里出现男人，由男人管理宫女。我还记得相父孔明生气的样子，跟川剧里的变脸一样，相父孔明的脸盘一会儿红一会儿白，最终还是变白变青了，他一口气从开天辟地三皇五帝春秋战国说到高祖刘邦斩白蛇举义旗说到我们偏僻的四川盆地，一句话，太监制度历史久远，不是一朝一代的制度，而是千秋万代的制度。最后，相父孔明一针见血地指出：你的这个怪想法只有一个可怕的后果：秽乱后宫，宫女们的肚子会莫名其妙地大起来。文武百官哄堂大笑。刚登位就让人家笑话，我就失去了威信，从此相父孔明就一直把我当小孩，想怎么训斥就怎么训斥，跟训儿子一样。他也不想想，我完全是好意，你孔明的老婆再丑那也是个女人呀，像黄皓他们算什么呀？黄皓一直跟着我，让我快乐，不惜一切地让我快乐，好像我在弥补他失去的一切。太监都是忠诚的，这倒不假，我宁愿不要这种动物似的忠诚。我们还是把话扯回来吧，黄皓的大嘴巴在我耳边贴着呢，急着跟我说悄悄话呢。

"说吧说吧，你尽管说。"

"司马昭派来的那些人是来监视陛下的。"

"我有什么好监视的，我又不搞阴谋诡计，阿斗干坏事的时候都是公开的光明正大的。"

"陛下做过皇帝呀。"

"我现在不是皇帝了。"

"哪怕做过一天皇帝,人家一辈子都不会放心的。"

"明明是侍候我的嘛,你是不是搞错了?"

"陛下你太单纯了,你根本想不到世界上的卑鄙手段,多着呢,这样给陛下说吧,从事特务工作的都是打杂的侍候人的,他要监视你的一举一动,要靠近你,就得这么干。"

"屎盆子也端?"

"那当然啦。"

"这不挺好吗,就让他们来特务吧,把阿斗特务上一辈子。"

我身边那些杂活全让司马昭派来的人给包了。我是讲究生活质量的人,我在吃喝玩乐,吃喝拉撒这方面特讲究特挑剔,一般人受不了,能躲就躲,这帮特务不躲,吃苦耐劳,凭你怎么折腾他们都能挺住。更让人不可思议的是他们的自我控制能力,我原以为太监是人类最痛苦的人。这个痛苦的纪录还是无情地被这帮特务给打破了。你想吧,太监压根儿就没鸡巴,面对如花的美女,太监可以无动于衷。给你这样说吧,宫闱跟平常百姓,甚至跟达官贵人都不一样,男女行房事的时候旁边都有人侍候着,这种人就是太监,他们从容不迫,心静如水,好像主人在吃饭喝茶。特务们虽然不干这种工作,可他们在门外站着,接盆子接水递毛巾什么的,男女交欢时间挺长响动挺大花样挺多。这回该太监们笑话特务工作者了。我跟我喜欢的女人快乐够了,发现太监掩口窃笑,我就看见了门窗纸格上的人影。我给太监丢眼色,太监没动静,我快乐我就不发火,我小声告诉太监:"让他们走开!"

"陛下嫌他们碍事?"

"碍我什么事?他们不难受?"

"他们都是受过特殊训练的人,他们经得住任何考验。"

我吸口冷气,坐直了,我把衣服都穿上了,趿上鞋出去我好好地仔仔细细地看啊看啊，凭我怎么看，这帮特务工作者楞是没动静，站得笔直，肩膀上搭着白毛巾，黄铜洗手盆里盛着热水，端得平平的，白毛巾是我给美人擦香汗的，香气还没散完呢。我一下子就难受起来了，我小声说："你们不要再干这个了，这是太监干的。"他们不吭声。我说了没用。黄皓告诉过我，他们有他们的小头目，他们听小头目的。我把小头目找来，告诉他：我这个人好色，没有女人不行，当然了，女人们没有男人也不行，太监都是我用惯了的，你们这些血性汉子干这种工作，就有点折磨人的味道了。小头目说："我们必须给安乐公提供一流的服务，任何疏忽都要受到司马大将军严厉的制裁。""我给你们找几个女人行不行？"小头目惊呆了。"你们自己找也行，报销问题，我全包了。"小头目吓坏了，竟然跪下了，看着他难受的样子，我就放他走了。他离开的时候不停地回头看我，跟看怪物似的。黄皓告诉我：他们有严格的纪律，任何轻举妄动都会招来杀身之祸。

"他们活着有什么意思啊。"

"他们监视别人，另一拨人又监视他们。"

司马大将军有多少特务啊，据说洛阳的达官贵人朝廷大臣都在严密的监视之下，全国都是特务，司马昭也挺累的。我就是不明白，把这么多小伙子训练成比太监还要规矩的特务人员，用的是什么手段啊，这个司马大将军可是太厉害、太了不起了，也太叫人恐怖了。

黄皓知道得太多，过了没多久，就让司马昭给杀了。司马昭给黄皓的罪名很有意思，说黄皓"蠹国害民，非杀不可"，英雄所见略同，相父孔明和姜维就是这么说黄皓的，他们跟司马昭想到一块去了。另一个原因是黄皓这家伙聪明，什么事都看得透透的。聪明人很危险，这不明摆着吗？聪明人总想着世界上所有的人都是傻瓜，比如阿斗，黄皓那么亮堂的脑壳子跟火把一样刺疼了另一个聪明人的眼睛，这个眼睛正好掌握着生杀大权，黄皓就活不下去了。聪明人挺麻烦的。我难受了两天就不难受了。司马昭就把我忘了，我基本上是一个让人放心的人。

我发现让人遗忘是一件好事情，尤其是像司马昭这样阴险的人惦记着你绝不是什么好事。我在洛阳过了几年快乐的日子。详情我就不说了。

3

好日子很快就过去了，也就意味着司马昭又想起了我。他成功地架空了曹魏掌控了天下大势。像我这种大傻瓜是不配留在洛阳的。他在地图上找啊找啊找到一个特别有意思的地方，出过周文王、周武王和姜子牙的岐山，凤鸣岐山。岐山南边渭河南岸五丈原也是相父孔明升天的地方，我的封地就在五丈原的东边，斜峪关的出口处。司马昭让我永远守着相父的亡灵，同时也让相父永远辅佐阿斗，历史已经证明阿斗是扶不起来的。多少有点侮辱人的意思。司马昭这手够毒的。可他毒不了我，我谁呀，我是阿斗。我乐呵呵地带着我的手下过潼关过长安。我总算有地盘了。巴掌大的地盘也是地盘呀。

咱们现在谈点实话吧。那地方可真不怎么样。岐山地界，好地方都在渭河北岸，上了北原，一马平川，真正的周原，周秦王朝的龙兴之地。好地方是轮不到阿斗的。阿斗也没有那种雄心壮志。司马昭也没什么错。阿斗渡过渭河，上了北原招兵买马，或者执一长竿装模作样惹得鱼儿发慌就是不上钩，专钓夜夜做美梦的周文王，再让周文王用车子拉上爬山道，爬八百八十八步，就保你八百八十八年美好的江山，周文王要是用牛皮粗绳拉车呢，拉个没完没了呢，历史不就麻烦了吗？岐山真是个有意思的地方。至于那个马贩子的后代秦始皇，沿渭水呼啸而下，杀人跟切瓜一样，简直是一群不开化的野兽。司马昭真是的，让阿斗我到如此神圣的地方来干吗呀？我搞不明白。我到周原转了一圈，姬水、姜水都去了。五丈原当然要去的。祭奠伟大的相父孔明。

我该面对现实了。五丈原东边，斜峪关出口处，有一条河叫石头河，从秦岭山里流出清澈的河水也带了许多石头，河岸的土地光长草不长庄稼，少量的庄稼生长在高一点的地方。没想到我手下的人当中有不少老兵，他们当年跟随相父孔明和姜维曾兵出斜谷北伐曹魏，他们来到曾经战斗过的地方，心情很激动，老兵们总是把战场当天堂。只要他们心情激动就好。大部分人都愁眉苦脸，他们跟着我，不管是成都还是洛阳，都是在大宅子里待着，好吃好喝，美滋滋的，他们可不习惯在野外待着。还有一些人是司马昭派来的，他们是不会干农活的，指望不上他们。这里的居民很少，还不到二百人，零零散散，也就几个破村子，都是茅草屋，像样的土屋都没有。这些百姓算是我的属民了。令人感动的是他们一点也不歧视我，他们甚至跑出来看热闹，几个识字的壮汉总算读懂了盖有政府大印的告示，告示上写得清清楚楚，我是这里的领主，不要再详细介绍了，先主刘备相父孔明妇幼皆知。让我感动的是他们一边欢呼一边杀猪宰鸡。都是农家饭，吃得人满面流汗。他们腾出最好的草房子让我们住，他们就在牲口棚里凑合一下，甚至睡在露天里。

那些老兵能吃苦，他们砍树，凿石头，几天工夫就在石头河边的台地上建起三座高大的房子，简直跟宫殿一样。当地的百姓都惊呆了。开天辟地以来这地方从来没有这么高大宏伟的建筑。说实在的，这三栋木石结构的房子，搁成都或洛阳，也就是小户人家比较坚实的房子罢了。在草房子中间就不一样了，气势一下子就出来了。我和我的家人住中间，东边住司马昭的人，西边住老兵。那些从深宫大院出来的仆人们，就会端茶扫地递毛巾，力气活干不了，就出钱雇当地百姓来盖房子。当地人的手艺可不怎么样，他们只会盖草房子。秦岭有茂密的森林，都是高大的松树还有桦树，他们只砍伐碗口粗的树，也不烧砖，而是去渭河北岸买砖瓦，勉强盖起一溜砖木结构的小平房，已经相当不错了。我的手下总算有安身之处了。

目前面临的困难就是寂寞。远离了繁华的都市，远离了歌舞和美女，我这安乐公安乐个屁！司马昭这老王八蛋终于露出了他的本来面目，他在讽刺我挖苦我，让我明白，阿斗你不是乐吗，让你苦中作乐。这老王八蛋，还真有点苦中作乐的意思。如果我乐不出来，我这安乐公不就白当了？不就名不符实了吗？这才是天下最大的笑柄！可我身边什么都没有，可以用来寻欢作乐的资源少得可怜，几乎是一片空白，阿斗要空手套白狼了。我又长着这么一个没用的脑壳子，实在想不出法子来。我就到处乱逛。

这里的老百姓维持着最低的生活标准，粗茶淡饭已经是求之不得的美味了，只求吃饱不求质量，早晚两顿稀面糊糊，几片菜叶子，大多还是野菜，中午才吃一顿真正的干饭，有面条有馍馍，都是实实在在的食物，养的猪和鸡是招待客人的，过年过节的，平时要小心侍候着。有一次我到村子里乱转我亲眼看见一个中年农民在小心翼翼地喂他的猪，猪不好好吃食农民就蹲在猪跟前，跟哄孩子一样轻轻地拍着猪的厚脊背，嘴里还"乖乖，我的小乖乖"地叫着。猪连理都不理，连哼哼都不哼哼一下，跟死了似的，在想什么心思，憨头憨脑的，小眼睛眯得细细的。我的护卫都急了，冲过去对那农民喊："你揍它呀！揍它呀！"农民抬脚就要踹猪屁股，腿都抬起来了，又收回去了，还气得不行，来回转圈圈，手发抖，指着那猪大叫："我揍它，我敢吗！"

"为啥呢？"

"它是我大爷，爷，爷，你吃吧。"

我一下子乐了。

猪也乐了，猪的长嘴巴伸进食槽吹泡泡，农民感动得眼泪都下来了，轻轻地摸着猪耳朵，猪一边吃一边蹭农民的膝盖，农民那快乐的样子好像自己在吃东西。他真把那猪当大爷了。护卫说："他得好好地喂养，喂到年底，喂出一头大肥猪，年就好过了，把大肥猪杀了，一半卖掉办年货，一半招待客人自己过年，猪跟他捣蛋他别想过好日子。"

我无法分享农民的快乐。我关注的是他们如何打发寂寞，人都有寂寞的时候。农闲的时候，农民们就聚在一起扯闲传，在我们老家四川叫摆龙门阵。我的手下基本是四川人，四川人成了这里的主要居民，龙门阵摆得热火朝天。我在成都的时候一直住在皇宫里，我听说有摆龙门阵这回事，从来没有享受过。现在总算有机会了。讲得最起劲的是那些老兵，他们曾是五虎上将的部下，我猜得不错的话那时候他们也都是童子军吧，他们入伍的时候，五虎上将已到暮年，已经失去了当年的风采。他们从战友嘴里听说长坂坡，水淹七军，单刀赴会，赤壁大战这些经典战例。他们讲得慷慨激昂，可跟我们目前处境很不和谐。我发现人类都有嗜血的天性，司马昭的手下也听得津津有味，敌我不分。这是一种很危险的苗头。必须及时制止。在他们讲累的时候，我带头鼓掌，我还给他们亲手倒茶水喝。我也有老奸巨猾的时候，我很随便地问问他们的年龄在哪个部队干过？果然不出所料，都是关羽张飞赵云黄忠马超的部下。我就让他们讲讲自己经历的战役，他们都是一些淳朴的士兵，他们没想那么多，他们很自然地讲到了败走麦城，火烧连营的故事，这才是他们亲自经历的。五虎上将的部队都是蜀汉的劲旅，入伍的新兵都要接受战史教育，那种自豪感与荣誉感是没法说的。可他们亲身经历的是蜀汉的惨败，更多的是跟随相父孔明六出祁山，跟姜维九次北伐。

有个老兵亲眼见过赵云赵子龙，当时他十四五岁吧，拎个铜锣发信号的，他给大家讲述了赵将军最后一次战斗。七十多岁的白发老翁与魏营一员二十出头的少年郎打斗了三天三夜，根本无法取胜，少年郎出于对老将军的敬佩，处处让着老将军，双方将士看得清清楚楚，老将军蒙在鼓里，频频出击，第三天黄昏时分，老将军终于感觉到手腕发软，气力减弱，赵将军的自制力是很强的，扎去最后一枪，对方惊出一头冷汗躲到马鞍底才躲过这一击。赵将军趁机撤出战斗，残阳如血，缓缓而行的老将军忍不住吆喝了一声西凉高腔——"我赵云年轻二十岁，定把你——生擒活捉——在马鞍上——"几天后赵将军就去世了。这是我们蜀汉惟一善终的将军。这个故事太好了。战争结束了，永远地结束了。应该安安静静地过日子了。从这些老兵嘴里我知道了许多皇室以外的事情，种种传说和秘闻，混杂在一起，远远超出我的想像。

那些侍候了我大半辈子的宫人不管是成都还是洛阳都在大宅子里，他们看那些老兵摆龙门阵讲打仗的故事，自然而然就讲他们当年在皇宫大院里种种奢华的生活，长吁短叹，一句话，阿斗当皇帝多好啊。刚开始没在意，十天半月，我就烦了。我得告诉他们，我不喜欢做皇帝。我已经不会生气了，我就给他们讲故事。我跟司马昭就是这么讲的，属于原版。这回不是在将军府，是在斜峪关口石头河边的大树底下，阿斗坐在藤椅上，端着小茶壶，美美地喝了几口，首先声明，外边流传的阿斗的故事都是假的，阿斗的故事肯定颠三倒四，前后矛盾，漏洞百出，我得保我的小命，司马昭这老王八蛋不是好糊弄的，阿斗当初跟司马昭是这样讲的……

第 二 部

1

　　我做皇帝做腻了，内侍黄皓也束手无策，想不出什么新花样来逗我乐一乐。这时，魏将邓艾打过来了。我问黄皓：邓艾跑成都干什么来了？

　　"他要推翻您，陛下。"

　　"你说清楚点，他要干什么？"

　　"他要夺陛下的皇位。"

　　"他来得好哇！"我双手一拍，降旨迎接邓将军。黄皓一副为难的样子，真叫人不痛快。这帮没球的家伙有时候挺讨厌的。我大声呵斥他：你这阉鬼你怎么啦？你想惹皇爷爷我不高兴吗？

　　"陛下就知道图个高兴。"

　　"嗨！你们这些太监呀，就是比正常人少样东西，活人不就是图个高兴吗，皇帝也是人哪。"

　　"陛下做不成皇帝了。"

　　"你才明白啊，你这傻瓜，快接邓将军。"

　　黄皓领旨出去，很快就回来了，只回来他一个人，还慌张得不行。我问：邓将军呢？你是不是慢待了邓将军？黄皓这厮欺负过相父孔明和大将军姜维，我不能不防着点。黄皓告诉我：邓将军是得胜之军，要见他不难，但要有个仪式。黄皓把那仪式大概介绍一下，我脱口而出：现在就试试。

　　"不用试，陛下绝对胜任。"

我顾不上皇帝架子，拍了黄皓一下：知我者黄皓也。先主刘备三顾茅庐请孔明时，就说过这种话。

黄皓得到称赞，乐颠颠跑出跑进，准备工作很快就绪。

我是头一回搞这事，又好奇又紧张。回想我这一生，神奇而紧张的事情确实有过几回，比如赵子龙长坂坡百万军中救我。另外就是娶媳妇了，一下子给我那么多美妞，真不知道该怎么办才好，急得我直搓手，吩咐下人来帮忙。下人们丢了魂似的打哆嗦，说这忙帮不得。他奶奶的，不替朕分忧算什么下人？

黄皓遇到那事也躲，这回他没躲。他挺身而出，指挥有方，事情办得很顺利。黄皓说得不错，这种仪式很适合我。他们让我脱掉上衣，赤身露体，用粗麻绳捆住双臂，后边还摆了口空棺材。他们说：陛下不要怕，棺材是给魏国大军的，不要当真。我丝毫没有把这事当儿戏，我详细询问仪式的程序，这是成功的关键。黄皓说：这叫梓台，魏国将士很满意。后来他们告诉我，我在梓台上的表现，远远超过当年的登基大典。

他们拥着我离开皇宫，来到成都郊外。魏国大军就驻在这里。邓将军带一队铁骑迎上来，我双手紧缚，袒露上体，跪在地上。邓将军被我这一跪震下马来，再也不耍大将军的八面威风了。这年月耍什么威风呀。他屈膝弯腰扶我起来，亲手解开麻绳，点火焚烧那口空棺材。

我喜不自胜，问邓将军你的棺材呢？邓将军惊讶得不得了，本来就结巴，情急之下，嘴巴张得老大，吐不出一个完整的字，样子挺窝囊的。我劝他不要急，有话慢慢说。邓将军吭哧半天，说："邓艾正值壮……壮……年，前……前……前……途无量，不曾想……想……想过百年之事。"

我告诉他："棺材这玩艺儿不吉利，早早烧掉，死亡就离你远了。"我还要劝，黄皓给我递眼色。算了，人家不听劝，何苦自讨没趣。我就是弄不明白，邓将军留那玩艺儿干什么？曹操何等威武，尚有人生苦短之叹，乱世中谁不想多活几年？

邓将军不肯烧棺材，棺材自己找上门来。半月后，他就被人杀了，还赔进去两个儿子。

那时，想赶我下台的人不止邓艾，还有钟会钟将军。很可惜没跟钟将军长谈，他理所当然也是我欢迎的人。他跟邓艾一样，是在我做皇帝做腻的时候发兵进蜀的。他们合了我的心意，所以，不能把他们的大军叫侵犯，而应该叫进驻。

钟会进驻剑阁时，邓艾攀木援岩，从天而降，直逼成都，把蜀国上下给震翻了。所以我跟邓将军的感情深一些。记得他焚烧梓棺后，还要给我安排个职务，要我当骠骑大将军。我不明白他怎么有这种想法？邓将军解释说，等见了魏主，他一定举荐我当个什么王。我说我连皇帝都做腻了，当王不是受罪吗？邓将军不相信天下竟有不想当皇帝的人。我告诉他：我当皇帝完全是由于相父孔明的劝告，我才干这个行当。邓将军完全理解错了，结结巴巴指天发誓要向魏主好好举荐我；无非就是我表现如何态度如何，而我内心的喜悦他是不会说给魏主听的。

我勉强当了几天骠骑大将军，不但不威风，反而弄得我很难受。邓将军完全是好意，他当将军，让我也当将军，他八面威风，也让我威风威风。我这人从没威风过，当皇帝时都没威风过，当个将军能怎么样？我这人从不让别人为难，我把我的难受结结实实捆起来，藏进心扉。

我这一生都是在别人的好意中度过的，赵子龙赵将军救我，父亲期望我，相父孔明辅佐我，他们都是一片好意，伐蜀的邓艾竟然也会给我一片好意，弄得我苦不堪言。后世人看我阿斗当骠骑大将军肯定要笑破肚皮。

跟邓艾一起做将军没几天，邓艾就被魏国监军卫瓘给杀了。

那时，姜维降了钟会，暗地派人送信让我忍一忍，他有复国的妙策。这个姜维，我忍什么呀，我做皇帝做腻味了，你给谁复国？当然，姜维的忠诚是不容怀疑的。正因为这样，我才安不下心。他要给自己复国倒没什么，关键是把我给扯进去了。我顶讨厌称王称霸这个行当。这行当在三国时很时髦。那时，谁要没点野心，简直是大逆不道难以理喻。我对时髦的玩艺儿不感兴趣，我只向来人打听姜维过得咋样？钟会对他好不好？来人告诉我：姜维被钟会奉为上宾。这真是天大的喜讯，我君臣二人能有这种厚遇，真是上天有眼。我让来人转告姜维：要珍惜这个机会，不要胡思乱想。为了打消他复国的念头，我特别强调我不想当皇帝。只要他过得好，只要受降将士过得好，只要蜀国百姓过得好，旧主刘禅很知足了。

姜维没听我的劝告，被魏兵挖肝剔肺炒着吃了，钟会将军也死于兵变。

听到这个消息，我很生气。黄皓劝我：不要为他们劳神费心。我说：你这什么话？邓艾和钟会是在我心烦意乱的时候进川的，对我有知遇之恩，我怎么能无动于衷呢？

"他们谋反。"

"他们谋反干什么？"

"他们想当皇帝。"

"他们怎么能有这种想法？"

"蜀地沃野千里，地势险要，是称王称霸的好地方，陛下有这么一块好地盘却不打算做皇帝，这个肥缺人人都想争，不争是傻瓜。"

一个人不打算干老行当，就希望有人来接替；人家满怀希望来了，却把命搭上了，我那想法有多倒霉！

2

现在我可以告诉你蜀国是个什么地方。

早在我做太子的时候，我就感到不妙。这倒不是我有什么先见之明，完全是因为我贪玩。用军师的话说就是我走向堕落。堕落的人往往有好运气。

先主常年征战在外。我待在宫中闷得慌。小太监黄皓就给我想邪法子。他小子不知从什么地方弄来一个小妞，长得细皮嫩肉，娇小玲珑。我问黄皓你干吗给我找这么一只鸟？黄皓说："这不是鸟是女人。"

"我知道是女人，你打发叫花子吗？给我弄这么一丁点。"

黄皓小声告诉我："殿下第一次搞女人，不能太贪。"

黄皓那双猪眼睛真讨厌。他一下子看穿了我，比我自己更了解我。我还生气呢。我一边解小妞的衣服一边盘算着怎么收拾这小子。

我很看重我的第一次，毛头小伙子变男子汉可不是好玩的，那是顶神圣的一桩事情，千万不能马虎。我哆哆嗦嗦，床上的小妞也在哆嗦。我说：丫头你别怕，你怕什么呢。她就哭了，她说："殿下你别杀我。"我就乐了。我怎么会杀你呢？我要乐你，明白吗？乐你。我亲她一下，又亲一下。她稍微平静一点。我可以放开手脚了。我尽量装得老练一些，可还是不行，没动几下就露馅了。我坐在床上看我的鸡鸡，我奇怪这玩艺儿怎么变小了。

我瞅小妞。她缩在被子里，我拉开一角，又被她抢过去。她不让我看。我也不想看。

我只想一件事，就是这件倒霉的事。

我喊黄皓。黄皓溜进来问殿下怎么样？我指着我的鸡巴问他怎么回事？黄皓仔细瞅瞅，打发小妞出去。房子里只剩下我们俩，他垂下眼皮不吭声。我踢他一脚，他瓮声瓮气："川地就这样。"

我刷了他一嘴巴子。

"你小子不要狡辩，你给我弄这么个货，你看看你看看，我人生第一次呀，他妈的就变小虫子了。"

我又刷他一嘴巴子。他捂着脸大叫："这还是个小妞呢，没开苞呢。"

"这么说你还照顾我了？"

"是这个理儿。"

"你再说一遍。"

"殿下的东西就这么大嘛。"

"我还不知道我自己的东西，原来这么大，现在这么小。"

我伸出一根小拇指，我的东西就是小拇指。

黄皓说："这还是好的，真要碰上如狼似虎的健妇，殿下可就惨喽。"

他的嘴角全是坏笑。

我说："你小子怎么懂这么多？"

他说："没球的太监最了解男女之事。"

我有点吃惊。

"因为没有，就老想着人家如何有。"

黄皓这厮简直是个哲人，我不由得对他刮目相看。

后来我经历了许多男女之事，才达到黄皓的水平。

我长叹一声："大概只有你们这些无球的人最懂男女之道。"

我忍不住在黄皓裤裆里摸一把。那种空荡荡的感觉让我永生难忘。黄皓没有反抗，我也没有犹豫：我的手跟鸟儿一样窜到那个男不男女不女的空旷之地，我在那里停留了那么一会儿，我一下子领略了我们时代的全部苦难与不幸。

我小声告诉黄皓："你跟我吧，你就是我的证明。"

"这是真的吗？"

"阿斗得黄皓，犹备得亮，犹鱼得水。"

我把父皇的名讳都喊出来了。黄皓扑通跪倒地上信誓旦旦，口不择言，等他嚷嚷够了，我告诉他："让他们纵横天下吧，我不要刀枪剑戟也不要骏马皇位，我只要这个玩艺儿。"我的手又一次伸向黄皓空荡荡的裤裆，我小声说，"我们这个时代缺的就是这个。"

黄皓快哭了。

我说："无中可以生有。"

黄皓的泪水没有流出来，他又笑了："殿下这句话可以让我高兴一辈子。"

我就这样开始我的放浪生涯，我完全把女人当艺术品，那种执著那种疯狂让所有的男人相形见绌。父皇和军师只好默认这种现实。他们迁怒于黄皓。我们密不可分。客观地讲：是我的行为给黄皓提供了发泄的机会。从他的无生发出阿斗的有，进而让所有男人蒙受耻辱。太监有太监的手段。我们配合默契。

有一次父皇对军师开玩笑：太子与黄皓就像备与先生。军师稍一愣，很快点头称是。我仔细观察军师的脸，军师心里很不是滋味，因为黄皓就在身边，黄皓正看着他呢。我得开导开导军师。

我说："川妹子不错，军师应该讨一个。"

军师皱眉头。

父皇指责我只图玩乐："这什么年月，光复大业没有完成，就想讨女人。"

"父皇不是讨孙夫人了吗，干吗不给军师讨一个？"

军师说："太子你不懂，这是政治，是蜀吴联盟的关键。"

我也告诉军师："对你来说，一个美貌的妇人顶得上千千万万个锦囊妙计。"

父皇又要训斥我，我大声说："军师缺的就是这个，他不敢面对现实！"

父皇刷我一嘴巴："你太放肆了，军师的脑袋谁能相比，军师一出山，天下群雄黯然失色。"

我小声说："我们是逃到蜀地的。"

那次有名的大逃亡我永生难忘，我的母亲投井自尽，子龙将军百万军中七出七进救我一条小命，我只记得战争的恐惧与艰难的跋涉。我刚刚品尝到妇人的美好，我很热爱父皇也很热爱军师。我让他们一起分享这种快乐，他们就这样。我大声说："你们会后悔的。"父皇还要发作。军师哈哈大笑："太子心慈，完全是好意。"父皇看军师半天，军师一脸忠诚不像有假。我告诉军师：

"女人能给男人带来智慧，你为什么拒绝智慧呢？"父皇也犹豫了。谁都知道军师的夫人相貌丑陋，可以想见军师快乐不到哪里去。军师沉吟良久，拍我的肩膀："戎马生涯，贪恋女色是不行的。"

我说："一个美妙的女子比兵书战策更要紧，军师为何不试一试，不试怎么知道不行呢。"

父皇也动心了。

军师犹豫再三，摇摇头，他告诉我，早在卧龙冈的时候，朋友们就劝过，夫人也劝他纳小妾，名士有名士的风度，红袖添香，亦可足智。朋友们看重我孔明的也是这种高风亮节，亮何以为亮，就在这里。父皇击掌叫好。我愣在那里。我小声告诉自己：蜀国完了。我一直把这一天当作蜀汉最关键的时候。

军师在人生的关键时刻退缩了。我知道他不能不缩。他给先主讨孙权的老妹时，就想到了这一点。先主是在江东娶媳妇的。

那时我很小，孙夫人做我的后母，人很不错。我幼年丧母，对女人有一种本能的依恋。蜀吴交恶的时候，孙夫人要带我去她娘家。我们上船到了大江。我还依稀记得船的晃动和江水的涛声。我哇哇大叫，孙夫人把我高高举起来，让我饱览大江两岸的壮丽风光。孙夫人是个巾帼英雄。她在我身上佩一把小剑，把我打扮成武士的模样。她小声告诉我："小阿斗，娘带你去见你舅舅，你会成为一个英雄。"

孙夫人把我抛到空中，接住，又抛起，刚开始我大叫，后来就安静了。孙夫人很高兴，告诉侍女："这小子很聪明，一定能当英雄。"

我很怀念那次远行。

那跟当阳惨败不同。我出生不久，就碰上兵灾，先主大败，兵荒马乱，虽有子龙将军舍命搭救，那种恐惧场面却无情地渗入我幼小的心灵。我打心底厌恶战争。我与我的时代格格不入。尤其是像我这种身份的人，没有一丁点称王称霸的念头，在当时是不可思议的。好多人不肯原谅我，我是那么孤独那么胆怯。懦弱从来就不是什么罪过。我很讨厌先主、军师以及将军们的崇高期望，我只能让他们失望。我也应该让他们失望。他们不了解出生于战乱中的幼儿是一种什么心理。他们惟一让我高兴的就是给我找一个后娘，虽然出自于阴谋。孙夫人很聪明，她肯定知道她的婚姻是一场骗局，这个三国时少有的烈女子还是保持了她的幻想和梦。

我很喜欢她的怀抱，如果这种局面能维持下去，我的未来将是另一种样子。

阴谋在继续。一个女人和一个孩子，在阴谋的中心漂泊，我们毫无察觉。我们沉浸在大江辽阔旖旎的风光中。孙夫人站在船头不肯下来，她抱着我显得很兴奋。

三将军张飞就冲上来了。

张飞是来拦截我们的。孙夫人要拼命，张飞很横，一把夺过我，一把推开孙夫人："嫂嫂要回娘家自己回，不要连累小太子。"

孙夫人大叫："我是孩子他娘，怎么能让我们娘儿俩分离？"

"这是去当人质，大哥就这么一根独苗，我不能不管。"

"让他见见世面有什么不好，你们这些猪头猪脑的家伙，什么时候想过太子的前途，你想让他一辈子当老小孩啊！"

"蜀国有五虎上将，有军师辅佐，这小子是享清福的命，我们不希望他做什么，只要他会做皇帝就行。"

"你这是什么狗屁道理。"

张飞哈哈大笑："嫂嫂知道什么是皇帝吗，什么都不会做的人就是皇帝。"

"气死我了。"

孙夫人要来硬的，张飞的丈八蛇矛一横。

"嫂嫂玩刀玩枪可以，来真的你不行，道理我都给你讲过了，休要胡搅蛮缠。"

孙夫人还是不依不饶："快还我孩子，我不让他当你所谓的皇帝，我要他当顶天立地的英雄。"

"顶天立地，哈哈哈，天有我大哥顶着，地有关张赵马黄站着，天地之间有军师呱呱叫的良策妙计，你干吗这么死心眼，让小皇子不舒服？"张飞老实不客气地告诉孙夫人，"我们流血流汗吃苦玩命，就是为了让小皇侄不吃苦不受罪，享受人间的幸福。"

张飞纵身一跃，连我一起飞落到另一条船上。

孙夫人号啕大哭，挥泪而去。不久就传来她自杀的消息。

我失去了最后一位母亲。

先主找了许多乳母，她们都不能代替孙夫人的位置。我痴呆呆望着墙角，一望就是一整天。我的思想就停留在那种呆傻的状态里，我的身体一天一天长起来，长到十六七岁的时候，我感到我已经大了。高大的身躯带着一颗娃娃脑袋开始出入于宫廷。谁看我都像孩子，大家都喜欢我，我也喜欢他们。我知道这是对我的忽略。我不在乎。我真正显露才华的机会到了。我是世界上最没有自知之明的人，我也不知道我脑子里装着什么。事情发生得很突然，关将军关羽要去守荆州，来向先主辞行，我陪坐。

开始我只吃饭，不搭话。大人们说话我是不插嘴的。他们也没有让我插嘴的意思。关将军都站起来准备走了，他想客气一番，向我问好："皇侄跟二君侯唠唠。"二君侯逗我呢，我不想让人当笑柄，真的，我顶烦这一套。我就说："二君侯你走吧，你走了别回来。"

大家都愣了，二君侯也愣了。他这一去真的没回来。荆州失了，人也亡了。

我说："你宁可死在外边也不要回西川，回西川你就完了。"

"此话怎讲？"

"西川不是蜀吗，蜀是什么你明白吗？"

"皇侄真会开玩笑，关羽我不是一介武夫，关羽我上马斩将下马《春秋》，岂能不知蜀为何物？蜀既是四川的简称，也是我们蜀汉的别名。"

阿斗我就笑了，阿斗我在地上画了一条虫子。

"蜀是一条虫子，明白吗？"

关羽皱眉摇头做沉思状，阿斗我循循善诱。

"四面环山，中间围一条虫子，你说像什么？"

关羽的眉毛在跳，他是三国有名的美男子，一双丹凤眼一对卧蚕眉，凤眼上跳动的就是那对卧蚕眉。

我脱口而出："将军脸上就有这样的虫子。"

"你敢取笑我？"

"蚕就是虫子嘛，而且还是卧的。"

"卧的不是我一个，军师就叫卧龙嘛。"

"父王也爱卧，咱们蜀汉全是卧的。咱们的麻烦也在这里，在这儿卧着，一卧就卧出毛病了。"

"嘀嘀，小皇侄真有意思。"

关羽不生气了，不停地捋他的长髯。

我说："三将军也是卧的。"

"哈哈，张贤弟岂是能卧之人？"

"你眼睛上卧的是蚕，三将军眼睛上卧的是豹，连他的兵器也是蛇矛，蛇都是弯的。"

关羽的脸沉下来，我可不管这些，我也想卧一卧，卧斗是什么，你知道吗？反正我爸不知我妈不知，天下人没人知道，卧起来的斗是什么样子，老实告诉你，我也不知道我自己了。我给你们啰嗦这么多，就是在寻找我自己，人找不到自己的时候，就畏畏缩缩哆哆嗦嗦。这本书就是我的躯体，书里的声音就是我的灵魂，这部书结束的时候，我就完整了，你们就会看见一只斗是怎样卧的。唉，这个人就是我。你有什么办法。这个人的幸与不幸都在这一卧上。这个人在当时最勇武的将军赵子龙坚实的胸口卧过，这个人也卧过那个时代最有魅力的女人孙夫人的怀抱。后来就彻底卧在女人身上不起来了。

我反复说过，这是个英雄辈出的时代，勇武豪迈悲壮是人人所向往的。我的行为很容易被认为是堕落。我开辟的是第二战场。不管怎么堕落，落下去的东西一般都是卧的，我落脚的地方不合时宜罢了。这个时代的英雄们一般不贪女色。曹操恋色差点送了老命，吕布贪恋美人貂蝉，便过早地结束了英雄生涯。

在女人身上卧得最彻底的就算我阿斗了。

那是真正的卧。

我老实不客气地告诉关羽："你们都是假卧，我才是真的。"

"嗬嗬，说我们卧就行了，还是个假卧。"

我只好耐着性子开导他。

"你们卧得压抑，我卧得心情舒畅，就这么回事。"

"这是怎么回事？"

"军师卧隆中是为了出山，父王那双泪眼是个虚招，关将军您的那双蚕眉应该叫天龙，蚕是天龙，是龙的缩影。张飞把凶猛的豹子揉成圆环，把蛇弄弯。子龙将军更不用说了，子龙是小龙嘛，小龙也是蛇。老黄忠不过是南国一只不得志的狗，忠于主人，他忠于谁谁倒霉，跟吕布认干爹一样。"

"你这小子，真心事主有什么错？"

"他忠的是他那颗心，跟主人没关系。天下人看重的是他忠了没有，而不是忠的对象。"

"小皇侄，你的脑袋里边怎么老想这些乱七八糟的事情，千万不敢在你爹跟前胡说八道。"

"你认为这是胡说八道？"

"我们蜀国的大将全让你说没影儿了。连军师也不例外，你小子够狂妄的。"

"我是老实人。"

我反复向他证明我是老实人。我确实是我们时代最老实的人。说大实话惹人嫌这在我的意料之中。我老实不客气地告诉关将军：父王领这一帮野心勃勃的兄弟到西川来，绝不是给西川造福来的，也不会老老实实待在西川过好日子。

"你们没有一个人想在这里卧，而这里恰好是乱世中惟一可以让人卧的地方。"

关将军不吭气了，不吭气就是默认。我循循善诱："守荆州实际上是卧荆州，关键在卧。"

"怎么卧？"

"就是待着别动。"

"将军不下马，马可是要奔跑的呀。"

"那你就下来。"

"哪有下马将军？"

"下马照样是大将军。"

"关羽征战惯了，下了马恐怕也静不下心。"

"那你就在地上扎根。"

"怎么扎？"

"往女人身上扎，男人只有往那地方扎才能生根发芽。"

"兄长的霸业呢？"

"称王称霸有什么意思？曹操那么猛，还知道在北方屯田开垦荒地让他的部队卧一卧，舞刀弄枪的同时也挥挥锄头吆喝吆喝牲口。平心而论，曹操待的地方不怎么适合让人卧，关键是人家想卧，人家一边卧一边跳，卧够了卧得不耐烦了才跳几下。咱们压根儿就没有卧的意思。"

关羽听出味了："你是真正卧的人。"

我频频点头："蜀国就我一个。"

关羽上下打量我："你确实是个人物。"

"还不是一般的人物呢。没有我死心塌地这么卧着，蜀国早完了。"

关羽目瞪口呆。

我说："你已经错过了一次机会，你知道什么是真正的英雄吗？"

关羽对英雄最感兴趣，他一下子红了脸，睁开丹凤眼，蹦起卧蚕眉。我开始卖关子。他不依不饶，抓住我的手腕子让我说仔细点。关羽很在乎这个，有关对英雄的种种解释都属于他关注的范围，我也不例外。他把我手腕子都抓疼了。

我说："所谓英雄就是这样一种人，他们肯定是男人，他们必须拥有骏马、美人和剑。这三样，你只占了两样，你的武器是不用说的，青龙偃月刀天下无双，你的坐骑更不用说，是吕布骑过的赤兔马。曹操手下那么多勇将，他偏偏把赤兔马送给你，你是他眼里的头等大英雄，你的机会也在这里。貂蝉找过你，给你飞过媚眼。"

阿斗我是女性问题专家，谈到女人阿斗我就劲头十足。关将军隐秘的内心世界逃不过阿斗我的小三角眼，这回该我哈哈大笑了。

"貂蝉可是大美人啊，她绝不限于给她心仪的伟男子飞媚眼，她肯定要扩大战果，让我们的关将军拜倒在她的石榴裙下。"

关羽涨红了脸："貂蝉没穿裙子。"

"将军只会打仗，太不了解女人了，女人开花开的是石榴花，歌里是这样唱的：石榴树呀开红花呀，大姑娘呀十七八呀。你明白吗？"

"那婆娘可不是什么十七八，早开过花了，王允一个，董卓一个，加上他娘的吕布。"

"貂蝉怎么能跟一般女子相比呢？一般女子一生只开一次花，像貂蝉这样的绝代佳人何止于七次八次，正鲜着呢，你就把她杀了。实话告诉你吧，美人跟天才一样，五百年才出一个，好端端的一个机会让你给错过了，现在你放眼寰宇能找出貂蝉这样的美人吗？骏马宝剑美人，你少了最要紧的一个，你自己把自己弄成了半个英雄。"

"我是半个英雄？"

"你是半个英雄。"

关羽张大嘴巴愣在那里，跟石雕一样。

"二君侯不要伤心。"

"我不伤心。"

"你也不要后悔。"

"我不后悔。"

"你也不要埋怨自己。"

"我不埋怨自己，我只怨命。"

"命是你自己的，怨命就是怨你自己。"

关羽的嘴巴像青蛙，张得那么大，五脏六腑都亮出来了。

"悔恨过去，忧虑未来都无济于事，抓住现在才是重要的。"

"抓住现在？"

"对，就是现在。"

"我的现在？"

"你是要去守荆州吗，荆州就是你的现在。"

"那里是前线。"

"那里也是出丽人的地方呀。"

"你想让我堕落？"

"说这么难听干什么，这叫自我放松。"

"关某不敢。关某肩负光复汉室的大任，岂能贪恋女色！"

"你不觉得这是人生最后一次机会吗？"

"什么意思？"

"你熟读《春秋》，肯定知道天时地利人和的道理，论天时你命中缺女人，论地利荆襄地貌有女阴之妙，论人和，天下最勇武的男人与最美的女人相会，三阳开泰，这是天地间最绝妙的景致了。"

关将军呆了，青龙偃月刀竖在地上，跟一棵树一样快长出杈了。阿斗我仿佛神灵附体，一下子抓住了问题的关键，这是我没想到的，也是我梦寐以求的，连我自己都感动了，就像对自己说话。

那是一种至诚至敬的内心独白。

骏马美人和剑曾经在吕布身上做过短暂的停留，吕布的神勇就是这三种力量的结合。他一个顶住刘、关、张，三英战吕布是我们时代最激动人心的时刻。据说你们刘、关、张三个哈哈大笑，激动得直流眼泪，能跟吕布战上几十回合，本身就是一种荣耀，我没猜错的话，刘、关、张三个当中只有你一个向往吕布的神勇，父王和三将军就难说了。吕布被捕后，父王在曹操跟前一句话就要了吕布的小命。父王居心叵测呀。吕布的位置已经空了很久了，将军难道没一点想法？

"我……我……"

关羽"我"了半天。

我大喊一声："英雄之位非你莫属，将军可要当机立断。"

关羽满脸通红。

父王和军师走过来问我们谈什么，谈得这么热乎。关羽捋着长髯哈哈大笑："小皇侄教我怎么当英雄。"

"他也配谈英雄，"父王指着我，"他的小命还是子龙救的呢。"

关羽说："我们都不如他，他知道什么是真正的大英雄。"

军师大笑："关羽一向傲慢，今天怎么谦虚起来了？"

关羽说："我傲慢，可我喜欢听大实话，小皇侄说的全是大实话。"

军师一愣。

关羽拱拱手走了。

父王问我："你这小子，你给关将军说了什么，他这么反常？"

"我鼓励他当大英雄。"

"关羽英雄一世，根本不需要什么鼓励，你到底给他灌了什么迷魂汤？"

"关将军离吕布只差一步，我提醒他不要错过机会，赶快给自己找个美人儿。"

"好呀好呀，你自己贪恋女色，还要别人跟你学。"我吃了一个嘴巴子，父王大叫，"快叫关将军回来。"

军师微微一笑，他什么时候都是微微一笑，他用鹅毛扇轻轻一拦，父王真乖，当时就绵了，父王心里那个急呀："关羽近女色，荆州就完了。"

军师说："荆襄比貂蝉如何？貂蝉尚不能迷惑关羽，主公你怕什么呢？"军师用眼角瞅我。我告诉军师："荆州可是个好地方啊。"军师感到莫名其妙，我循循善诱，"关将军勇冠三军而且风度绝伦，是天下少有的伟男子，这样的人守荆州，绝对能守出水平。"

军师木然，我简直如对牛弹琴。

我爹说："你这臭小子，放什么狗屁，把军师都熏晕乎了。"

军师说："没关系没关系，我们逗着玩呢。"

我爹瞪我："你除了玩还会什么，蜀汉的大业迟早要毁在你手上。"

我怕我爹，可我不能让他信口雌黄，我告诉他："你有你的复国计划，我有我的复兴打算，咱们政见不同罢了。"

我爹冷笑："这就是你的忧患意识？"我爹指着我的裤裆，"就用这玩艺儿镇守要塞？"

"不要看不起这玩艺儿，这是天下大乱的关键，把这玩艺儿安顿好，天下早太平了。"

军师到底是军师，军师品出味儿了，军师脸上没有往常那种做作的微笑，鹅毛扇耷拉在手上，军师流露出少有的真诚，军师说："这是称王称霸的年代，你的想法不合时宜。"

我也告诉他："关键是用什么称雄天下，我也想当英雄。"

军师张大嘴巴，我看见他的舌头，还有他的牙齿，我希望他再真实一点，稍微一点，我们就志同道合了。遗憾的是军师闭上了嘴巴，脸上又堆起那种做作的微笑，鹅毛扇就像他的翅膀，把他最真实的部分严严实实捂起来，我们看到的是一个幻境中的聪明人。即使那样，我也不愿放弃这个机会。我扑过去，伏在军师的脚下，我小声问他："你的韬略会有什么结局你想过吗？"

"我的赤胆忠心苍天可鉴。"

"你的五脏六腑与世界有什么关系？"

"鞠躬尽瘁死而后已。"

"你想的都是你，天下呢？天下不过是盛放你心灵的盘子。"

"你太过分了，你侮辱了我，也侮辱了所有以天下为己任的仁人志士。"

"恐怕是以己为天下任吧。"

军师瞪我半天，他不可能拿嘴巴说话了，他用眼睛说话，这远非他的特长，眼睛是我爹的专利。我爹的眼睛击溃了多少人的心理防线，我甚至希望军师能像我爹一样流几滴泪。我爹最兴奋的状态就是热泪盈眶，泪流满面，泪水滂沱，佐以号啕大哭、哽泣不止。这些利器远非军师所长。所以军师只能干瞪我，瞪完之后军师叹一口气就出去了。

我爹问军师怎么啦？

军师脸上已经有了微笑，但细心的父亲还是发现军师笑得不对劲。

我爹跑过来踹我一脚："我们都不敢在他跟前放肆，就你小子能。"

"这叫一物降一物。"

"你能降军师，你凭什么？"我爹又飞起一脚，我躲一下溜了。

我爹在院子里大声嚷嚷："我迟早废了你小子。"

军师劝我爹："万万使不得，万万使不得。"

"他这么气你，你还护他。"

"太子愚顽可人老实。"

"荆州怎么办？关羽让他教坏了。"

"主公放心，关羽华容道放曹操，已经叫我拿了一码，军令状

032

跟咒符一样不怕他不听话。"

我爹就不嚷嚷了。

3
_

关羽到达荆州是一个寂静的傍晚。城楼上走过巡逻的士兵，城门口行人稀少，关羽勒住马缰望着城墙，望到城楼时，他跳下马，步行入城。亲兵们也都跳下马。没人下命令，他们学主帅的样子。关将军如此恭敬还是头一次，亲兵们议论纷纷都觉得荆州城不简单。

吃完饭，刚歇过劲，关羽换一身便装，没带周仓。周仓嘟嘟嚷嚷。

关羽说："我又不去打仗，带你没用。"

周仓就大声嚷嚷："天下人谁不晓得关羽周仓，周仓关羽，咱们是分不开的。"

关羽说："好兄弟你忍一忍，我出去散散心，算是微服私访吧，你跟着，人家就会认出我。"

周仓没词儿了，脸还憋着，关羽把大刀给他："我不在，你代我行事，刀就是关某的替身。"

周仓搂着大刀，不再耍牛脾气。

关羽只带两兵卒，全都百姓打扮。走出帅府，天就黑了。

热闹地方灯火通明，关羽一行差点被挤散。他们打了好几年仗，从来没有逛过大街。荆州算是个大码头。两个亲兵猫着腰叫好。关羽刚开始还拿得住自己，后来也受了感染，眼睛越眯越细。

关羽本来就是美男子，那双眼睛稍一含情，周围就多了许多漂亮女子，在灯光和夜幕下显得格外动人，

我猜不出关将军与她们是如何搭上话的。一个绝对的事实是那天晚上，关将军被年轻女子领走了。

两亲兵在外边等候。等到后半夜，关将军才出来。两亲兵喜出望外，贺喜的话还没出口，就被关羽的神态吓一跳，那种沮丧之情不用眼睛看，稍近一点就能感觉到。

两亲兵跟随关羽好多年了，十七路诸侯伐董卓的时候他们就跟着关羽，那时关羽是个弓马手，只带几个兵，他们亲眼看着关羽斩华雄，威震诸侯；后来，他们又随关羽诛文丑斩颜良，过五关斩六将关将军的神威与他们休戚相关。他们跟着关羽就是威风，号角一响，不由得热血沸腾。赤兔马青龙刀，加上高大的一条汉子，兵卒们尾随其后，纵横天下，妻儿老小家园故土一一消散，感受到的全是热血男儿的豪迈与慷慨。

两老兵站在夜幕里，泪水潸然而下，恍若梦幻。

他们半天转不过劲来。他们像夜游神一样跟着他们的战神。他们心里念叨着：将军将军。关羽闷头疾走，两亲兵悄悄跟着。进军营时哨兵也不敢问口令。两亲兵侍候关羽歇息，他们睡在侧房，不敢睡死。第二天，关羽阴沉着脸，大家都害怕。问亲兵发生了什么事？亲兵摇头。天黑时关羽换便衣，两亲兵也换便衣。他们悄悄出大营，到热闹地段去。两亲兵很知趣，与关羽保持一定的距离。很快有女子驻足、观望，搔首弄姿，被关羽相中者都是气质高雅举止不俗的女子，关羽何等眼光？丹凤眼一睁，就要取上将首级，他对妇人只需稍稍抬一下眼皮，立马就有蜂蝶飞舞之声。两亲兵呆傻一般，他们在遥想貂蝉的风姿，那样的女中尤物也心仪将军的风度，荆襄女子就更难以抗拒了。他们多么希望他们伟大的统帅大获全胜啊！他们甚至没有一丁点忌妒之情，那种男人之间的嫉恨，他们一点也没有。好像就是他们自己在与优雅的女子幽会。他们鼓励，心里呐喊，胸中沸腾，肚子咕咕叫，喉结上下跳动，连下身也蓬勃而起，那种劲都鼓上了。他们彼此相望，热泪盈眶，目送着关将军与丽人相扶入室。他们左右分开，守护着那座房子。他们连刀都拔出来了，他们知道没有危险，拔刀仅仅是一种忠诚。他们的将军也在拔刀。

传说曹操与张绣的寡嫂幽会时，壮士典韦就守护在门外。曹公与丽人乐此不疲，一夜连一夜。张绣气得要死，怯于典韦的神威而不敢轻举妄动。壮士典韦一定很豪迈，典韦曾在山中追虎，被曹公看中，视为虎将。虎将典韦手持利刃威风凛凛，他的主公与南阳最美的妇人在酿造中原最感人的夜晚。壮士典韦自从跟了曹公，南征北战，打过多少恶仗，如此美妙的夜晚太稀罕了。曹公享乐后总感到内疚，免不了给典韦说几句客气话。

　　典韦大手一挥："主公你甭客气啦，俺喜欢给您守夜。"

　　"这可不是什么正经事啊！"

　　"兵荒马乱，难得有喜庆的气象，主公和那妇人在一起，夜都是亮堂堂的。"

　　曹公大喜："真不愧是我的爱将，果然有我曹某的气魄。"

　　有了卫士的鼓励，曹公放开手脚去会那妇人。据说张绣的部下强攻不行，来阴的，灌醉典韦，盗走他的兵器，突然袭击曹操。好汉典韦把那座房子看得比命都重要，那是他心中的圣殿。真正的好汉不会空手赤拳的，他们的兵器无所不在，典韦大手一挥，仿佛空气就是他的兵刃，抓在他手里的是两个大活人，是敌人。好汉典韦就抡着两个活人捍卫那座房子，数千杀手难以逾越，曹操从容逃走。

　　两亲兵很快在脑子里过了一遍典韦的故事，弄得他们很激动。关羽与妇人在屋里激动，他们在屋外激动。他们不时地交换位置，在房子周围转圈，举动和目光都是挑衅性的。夜很静，周围也很静，人们全缩在屋子里，偶尔有梦话和磨牙声，也有蹲马桶的声音。外边绝对是宁静的，头顶有一轮圆月，他们不拒绝月亮，所以月亮胆子很大，月光一直伸进窗户里。关羽和那妇人沉浸在月光里，跟鱼一样。不远处，大江里有浪涛声也有鱼群的游动声。他们中的一个小声说："咱们关将军和曹操谁厉害？"

　　"肯定是关将军嘛。"

　　"应该是关将军。"

"这事儿凭的是牛力气，官大不顶用。"

"美人爱英雄，爱的就是男人的牛力气。"

"董卓要是听李儒的话就不会死。"

"李儒知道吕布厉害，谁厉害女人就是谁的。"

"吕布德行不好。"

"吕布要有关将军的德行吕布就不会死。"

"关将军千里送嫂不动凡心太了不起了。"

"凭力气关将军比主公刘皇叔大得多，关将军能管得住自己。"

"关将军了不起。"

"放咱俩身上就不行。"

他们想想，确实不行，别说长年累月，就是跟女人独处一宿也就管不住自己了。

"关将军能憋。"

"咱就憋不住。"

"干大事的人都能憋。"

他们中不知谁小声嘀咕一句："弄不好就憋坏了。"两人同时眼瞪着对方，一眨巴眼睛，耳边响起的还是那句话："弄不好就憋坏了。"

"憋坏了吗？"

"憋坏了！"

关将军就出来了，关将军扶着门框喘气。关将军南征北战，纵横天下毫不气馁，幸一女子竟然这么累。那女子也不相送。

幕僚中有人找来名医，医生一口咬定关将军内虚，不吃药也行，那种事本身就是一帖好药。幕僚吃一惊，女人是伐性命的祸水。医生微微一笑：关将军找的都是少妇，她们情急如火，谁也受不了，找那些情窦未开的妙龄少女却是滋阴壮阳的大补，这在医术上叫采阴补阳。幕僚恍然大悟：怪不得军师孔明不喜女色，且娶丑女为妻，原来军师怕损了阳气？医生笑：知道就好，知道就好，精气通神，神不足，智便不畅，孔明先生是大明之人，不会拿自己的身子骨开玩笑。幕僚感慨万千，一不留神，感叹到主公刘备身上："我家刘皇叔有言在先：'兄弟如手足，女人如衣服。'"医生说："孔明投刘备，如鱼得水，对女人的看法是英雄所见略同啊。"幕僚要维护关将军的声誉，幕僚说："我们关将军是杀过貂蝉的。"医生笑："女人在报复他呢。"

"你这话什么意思？"

"关将军自己知道。"

幕僚想到那些谣言，幕僚去见关将军，口不择言，把刘皇叔的名言背诵好几遍，结果事与愿违，反而把关将军给提醒了。关将军一拍脑门，展纸提笔，刷刷刷一篇长文，大意是劝大哥刘皇叔改弦更张，申明天下，以女人与兄弟并举。幕僚小声说："那是我们蜀汉的立国之本。"

"有这样立国的吗？"

"都这样立国呀，曹操的口号是：宁使我负天下人，不可使天下人负我。立国都要有个口号。"

"曹操是汉贼，才喊这样的口号。"

关羽高声朗诵、封好，吩咐校尉火速送往成都。

4

－

先主很快就看到了这封长信，先主连吸几口冷气，一时拿不定主意，便召见孔明。孔明看信后微笑。先主急了："关羽如此好色，实在出我意料。"

"食色，性也。这有什么奇怪的。"

"关羽不是一般人呀。"

"他也是人嘛。"

"都是在曹营里养成的坏毛病，他自己腐败，还要我刘备改弦更张，我要没那句话，怎么跟曹操抗衡？"

"咦,咱们不是以这句话跟曹操抗衡,咱们承的是汉室的大统。"

"口号也是顶重要的。"

"这我承认。"

"你是没问题,你的夫人以贤惠而闻名天下,绝不是董卓吕布之流以色相取人,我们的干部队伍基本上是好的。张飞没有作风问题,赵云面对女色诱惑毫不动心,关羽千里护嫂,而且杀过貂蝉,我做梦也没想到问题会出在他身上。"

"主公过虑了。"

"我能不忧虑吗?荆州是前线,东吴虎视眈眈,守将贪色,荆州危在旦夕。"

"好色有两种,每战必胜者好色,屡战屡败者也好色。关羽属于后者。"

"这怎么可能?他那么勇猛。"

"这跟勇猛没关系。"

先主脸有点发白。

孔明声音很小:"也跟人的智慧没关系。"

先主也是很小的声音:"有勇力有智慧,却没那种能力,这到底是怎么回事呀?"

孔明的脸也是白的,先主知道这也是军师的困惑。君臣面面相觑。

"军师上通天文,下通地理,难道也有搞不清的问题?"

"亮未到天命之年,不知命啊。"

先主那时刚届不惑,已近知天命的年龄,对命这玩艺儿也是懵懵懂懂。那是他们君臣之间最隐秘的一次谈话,其意义远在隆中对之上。隆中对的是天下大势,在成都的宫殿里,他们面对的是天命。

"皇叔不必惊慌,我们承的就是天命,我们这不是三分天下了吗?"

军师想以天下大势冲淡这个要命的话题,越是这样,先主越要闹个明白。

"有些事是闹不明白的，比如说鬼，孔子就不谈鬼。"

"可命是人的，人不知命岂不太可悲了吗？"

"我们凭的是心不是命。"

"没命何来的心？"

"我们不是活着吗，活着就有命。"

"活一命。"

先主细细品味。先主一生疲于奔命，善于逃命，有当阳突围，檀溪跃马，曹营偷生，先主想着想着就有了感慨："我这条命来得不易呀。"

他的儿子阿斗我，也是子龙将军救出来的，军师后来写《出师表》时无意中喊出："苟全性命于乱世，不求闻达于诸侯"，显然也是忙于求生之人。

我们都是求活命的人。

我反复提醒父亲，成都是个好地方，是窝人的地方。

"你说什么？你小子再说一遍。"

我郑重地告诉这位不知天高地厚的父亲："北方人猫冬你知道吗？"

父亲点点头，父亲来自华北大平原，父亲不会不知道北方人如何猫冬。他的卫队里那些老兵给我讲过猫冬的快乐，他的亲兵早都厌战了，早都想猫在四川，过安稳日子。父亲和他那不安分的军师是不知道这些的。

我说："咱们最好窝在这儿别动。"

父亲要发火，我不叫他发火，我指给他看四周的大山，指给他看天上的风。我告诉父亲：看不清山是干什么的，看不清风是往哪吹的，就活不舒服。父亲眯着眼，手搭凉棚，就是看不清。我告诉他："从北往南吹，北风苍劲南风绵软，四川周围的山是挡风的，剑阁高峻因为北风最劲。"

"我们就不北伐了？"

"你从北方逃过来的，你还想逃一次？"

父亲脸色发白。

"东吴挡着，想逃也没路了。"

"我们还有荆州，我们还有荆州。"

阿斗我说出一个很脏的字，父亲气急败坏去问孔明。父亲对孔明说了那个脏字，孔明也不明了，阿斗我冷眼相看。

"军师印堂发暗。"

"给军师道歉，"父亲吼阿斗，"他是你相父，你这小子。"

我叫他相父，是阿斗在叫，阿斗就是我呀。

军师哈哈一笑："主公不必生气，太子的意思是我孔明不聪明，太子很会说话，他不说我笨，而说我暗，暗就是不明不白不亮的意思。"

我告诉他："你曲解阿斗了，我没说你笨，你很巧也很妙。"

军师拿眼睛瞪我，我们彼此清楚，在不明不白不亮的地方，既不笨、又很巧的那个东西是什么，我们不说，我们都知道那个东西叫蠢。蠢和笨是不一样的。蠢是两个虫子在乱动。

军师说："我们是两个虫子。"

父亲不明白，军师已经明白了，而且说破了。我就把两个虫子写在地上，那是流传上千年的一个成语：蠢蠢欲动。

父亲叫起来："关羽千万不能动，他一动荆州就悬了。"

我也叫起来："你不能说悬，说悬你就悬，荆州可以丢，你不能丢。"

父亲连说该死该死，差点打自己嘴巴。

我们本来很悬乎，他们就是不听。我告诉他们：关将军应该动你们应该静。他们目瞪口呆，非要我点破禅机不可。我讷讷说，我既是阿斗，也是刘禅，那是根子上的问题。

父亲望军师，军师望父亲。

"这小子是花花公子，看什么都走眼。"

"太子这回没走眼。"

军师好就好在这里，他给天下人都耍心眼，就对我不耍心眼，这就是我喜欢他的地方。他指给父亲看荆州的地图，好丰饶的妇人之阴。父亲远在卖草鞋的时候就是风月高手了，父亲都叫出声了。"怎么就没想到呢。"父亲望我一眼，目光热辣辣的，这也是他恼我也不忍废我的原因之一。父亲笑了。

"哈哈哈哈，关羽真是天大的艳福啊。要动就让他动吧。"

父亲马上又不笑了："吕布之后，论功夫就算关羽了，他骑的又是赤兔马，吕布就是贪恋女色丢了性命。"

军师又恢复了自信："吕布是小人，关羽是君子；再者，关羽有华容道的失误，失误是控制英雄最好的办法。"

父亲频频点头："二弟为人傲慢，受点挫折也好。"

我说："就怕一蹶不振。"

他们不听我的，他们撇下我下棋去了。

不久，就接到关羽的长信，关羽果然受挫，而且一挫再挫。父亲拿不定主意，但有一点是很清楚的：男人在这事上受挫，是很伤自尊的。父亲早年在这事上吃过苦头，品尝过那种骑虎难下、欲罢不能的滋味。军师再怎么劝，他也不放心，他承认军师高明，但军师是个禁欲主义者，搞不清那种事对人的影响有多大。

我给父亲开窍：要想让军师转过筋，就让他开禁，养几个小老婆。父亲到底是我的父亲，父子嘛。父亲也是深谙女色的，父亲做过几次尝试，父亲不能不告诉我：军师在这方面很冷。

我打个激灵，一个性冷之人，掌握气候温湿美女如云的川西沃野，这将意味着，岂止是人，包括蜀地的山川江河也很快会干涸荒芜的。

5

荆襄女子竟然把不成功的床第秘事视为甜蜜的挫折。她们在经受了最初的失败后，并没有灰心，她们太向往关羽这个人了，他身上的气息就足以使她们迷醉。这在女人简直是天大的奇迹。在她们的浪漫生活中，男子用尽手段才能博得美人一丁点许诺。即使手段高超的男子，顶多能让她们尽一夜之欢。让她们魂萦梦绕的男子太少了。什么也不用付出，只需一个眼神，甚至连眼神也是懒洋洋的。关羽的眼睛常年闭着，打仗时才睁开，漂亮的丹凤眼一睁，人头就要落地。妇人在他的瞳光里，便有一种人头落地的感觉。她们刻骨铭心。在最初的惊慌与羞怯之后，她们更加渴望这种罕见的感觉。

关羽就这样摆脱了挫折与屈辱。有妇人主动接近他，而且是他以前交往过的老相识。他们在屋里待到天亮，妇人兴奋得直打哆嗦，妇人只要他搂一搂抱一抱，就流下泪。

妇人说我怕冷。关羽解开大氅，里边套着锁子甲、护心镜，妇人不等他脱外套就猫一样缩了进去。

"我就喜欢这样。"

关羽用外套裹住妇人。他们走在巷子里，月光一闪一闪的，照在护心镜上。关羽的胸口很亮，锁子甲是铜做的，亮得照人。妇人一会儿用手摸，一会儿用脸贴。起了一股风。梆子声时起时伏。

他们相拥着往前走，妇人越缩越小，像贴在关羽身上了，薄得像一层皮。妇人说："我要做你的皮肤。""我喜欢你的皮肤。"关羽说他喜欢她的皮肤，关羽就用他的大胡子扎了一下妇人光洁的额头。妇人哽咽着说不出话。关羽用大氅裹着她，走上城楼，巡逻的士兵大声问口令，关羽不吭气，慢慢腾腾地走过去，士兵们认出是关将军，关将军挥挥手不要他们赔罪。士兵们打着灯笼边走边说：

"关将军把刀夹在衣服里。"

"他没穿军装。"

"这叫微服私访。"

"防东吴偷袭。"

城垛下，江面辽阔，渔火点点，群山田野被大江拉开一道口子。关将军的外套也被妇人的手拉开一道缝，那双猫眼睛跟宝石一样闪闪发亮，妇人说："我要做你衣服上的扣子。"

"我大哥把女人当衣服，你却要做衣扣，真有意思。"

"女人就这样不可思议，你不要看不起我噢。"

不知什么时候，赤兔马跟上来了。是关羽猛回头看见的。关羽就把妇人抱上马背，他坐在妇人后边。他身材高大，小巧的妇人被马头和骑手遮住了。路上常常碰到巡夜的部队，谁也想不到马鞍上有一个如花似玉的妇人。他们闻到一种芳香，他们便举头望月，月光清澈，月光一定是香的。他们只是奇怪关将军没带大刀。

"刀在怀里揣着。"

"短刀也厉害着哪。"

妇人很兴奋："我是你的刀吗？"

"你是我的刀。"

"我可杀不了人。"

"将军也有不杀人的时候。"

"真有意思。"

"月亮很亮的时候就让刀子照照月亮。"

"女人很乖的时候呢？"

"就让刀子给女人当枕头。"

"我现在就要枕刀子。"

关羽从护心镜底下取出一把短刀，女人一直在那里贴着。女人不知道，那把刀就像一只手，女人忍不住亲亲刀刃。

"谁能长这么好的皮肤，"女人自言自语，"只有你才有这么好的皮肤。"女人用那把刀探测自己的胸口，探到腹部时她就呻吟起来，那是一种濒临死亡的叫声。妇人大汗淋漓，小心翼翼把刀子送回关羽的胸口。

"怪不得你这么吸引人,你的胸膛长着这么好的刀子,就像一只小白兔。"

"将军不杀人的时候,钢刀就是他的小白兔。"

"小白兔可是要吃草的。"

"要吃就让它吃吧。"

"做一棵草真幸福。"

"你愿意你就做嘛。"

"要做就做被吃掉的草,不要做荒草。"

"我的马也是吃草的。"

"马吃掉我也乐意。"

马儿打起响鼻,马鬃飘到妇人脸上。妇人浮想联翩。

"女人命贱,我做了草却一点不感到贱。"

"芳草连天,那是一片美景啊。"

天就这样亮了,远山青苍苍的,大江两岸碧草连天,恰好是将军所赞美的风景。妇人目瞪口呆。骏马已经把她驮到家门口了。将军把她轻轻放到门口,她已经呆傻了,她看着骏马和将军走远、消失,她就哭出声来。她到屋子里哭,她坐在窗前,哭声夹着笑声,像个神经病。

很久了,其他妇人来看她。她们知道她昨夜干什么去了,她们问她:"他怎么样?他还是那样吗?"

"不是。"

"他病好了?"

"他没病,他从来没病过。"

"你们干了什么?"

"没干什么。"

"瞧你的脸,你的眼睛,没干什么会是这样子吗?"

"小白兔,刀子,还有草。"

"哈哈,在草地上,你使小性子,人家用刀子逼你你才变乖的,你真不要脸。"

"我还想不要脸一回。"

"你都变了，不是原来的你了。"

"那是个不眠之夜啊。"

"整整一个晚上啊？"

"整整一个晚上，不过没干那种事。"

"不上床还叫你这么开心，你真会骗人。"

"这正是叫人稀罕的地方。"

"你们到底干了什么？"

"他把我裹在衣服里，带我到马背上，用刀子抚摸我，我跟疯子一样。"

"肯定会疯的，搁谁身上谁都会发疯。"

"这么说他放的是空箭，拉了拉弦，你就这样了。"

"他是让我们自己射，他拉拉弦就行了。"

"还有这种怪事。"

女人们议论纷纷，突然又闭嘴了。她们离开时静悄悄的，又羡慕又忌妒。

6

这种奇怪的行为引起了幕僚们的注意。他们都是很有学问的人，他们所熟悉的经典中没有这种记载，他们又是一些经验丰富的专家，是在战争中磨炼出来的实干家，不是坐而论道纸上谈兵的白面书生。经验告诉他们：那种事不可能空对空。

关将军的威望太高了，即使多年的幕僚，要陈述这种个人隐私方面的意见也是很为难的。他们在背后七嘴八舌，吵得很凶，到公开场合就不敢说了。

他们忠诚于关将军，可以说是至死不渝。荆州失守，败走麦城，他们大都阵亡了，除少数几个人逃回西川。逃生者后来又随军师六出祁山，他们见了一回真正的空城计。当举国上下为军师的神机妙算欢呼时，他们便成为蜀国仅有的冷静者。他们禀告皇帝，也就是阿斗我，他们的原话是这样说的："空城计毕竟是空对空，在战略上是失败的，战争讲实效，劳而无功，空对空，是唬不了人的，何况司马父子老奸巨猾，军师只能应付一时不能持久。"他们言词恳切，对荆州的失守记忆犹新。用他们的话说：关羽不是大意失荆州，而是玩空城计失的荆州。吕蒙的大军开过来时，沿岸除烽火台外，整座荆州几乎是一座空城。主力全随关羽去樊城打曹仁去了。

他们的话对我震动很大，我对蜀汉大业也发生怀疑：我们从头到尾全都错了，从我父萌发雄心的那一刻起，所依凭的就是一个空幻的姓氏和不切实际的空想。包括军师的计策和五虎将的神威，全都是空的。赤壁大战是东吴打的，我们借了东吴的东风。关羽的威名是暂归曹操攻打袁绍时闯下的。赵子龙是在曹操爱才心切不许伤及性命的军令下大显身手的。魏蜀吴三国，只有蜀汉是一座空城，从总体上是一帮子难兄难弟炮制的空城计。从隆中对开始到空城计结束。

在这场梦幻中，只有少数几个人是清醒的。荆州战役的幸存者便是最早醒悟的人。

他们发现关将军以空幻来赢得妇人的芳心时，他们就产生了怀疑。男女之间不管多么浪漫，多么诗意，那实质性的一步是无法回避的。

他们采取迂回战术，从关将军千里单骑护皇嫂说起，这种事最容易为人利用，制造谣言，败坏将军的声誉，离间君臣关系。在曹营时，曹操就不怀好意，有意把叔嫂安排在一个院子里。将军夜不解甲，手捧《春秋》，大义凛然。离开曹营后，千里寻皇叔，餐风宿露，无边无际的旷野长天也不曾发生一丁点事情，苍天可鉴将军赤诚之心。

将军最爱听这些，过五关斩六将，千里走单骑，天下闻名嘛。

幕僚们话锋一转，荆州妇人不是皇嫂，没必要那么君子那么文质彬彬，将军您完全可以拿出斩华雄诛文丑斩颜良的气概，把这帮子小女人那个那个了。

关将军哈哈一笑："你们说哪个？"

"就是刀子见红那种。"

"兵无常势水无常形，与女人交往本来就没有固定的章程，要喊号子吗？"

将军那么自信那么自负，将军对他们的话不屑一顾。将军我行我素，来往于几个妇人之间，而将军的美名也如日中天。妇人们一下子超越了狭隘的嫉妒心，这种奇怪的交往方式一下子被神化了。

弱点成为强项，甚至超过他的武功。幕僚们也无所适从，老资格遇到了新问题。大家硬着头皮，任其自然。

7

那件神奇的事情刚开始是在妇人中间流传的，从江北传到江东，传到男人的世界里。当然也传到吴主孙权的耳朵里。孙权深信不疑。谋士们要解释，孙权挥挥手说："甬啰嗦啦，刘备什么人不清楚吗？他那帮子难兄难弟全都是空手套白狼的货。"

张昭顺坡推驴："这不就对了，不管他套什么，他的手是空的。"

"咦，驴推不下去，又上来了。"孙权说，"这里头大有文章，不是什么都没有。"

前线的将领报告说：关羽自来荆州后很少带刀。

武将们议论纷纷。

前线的将领继续报告：他会女人也不用那家伙。

大家都吃一惊："女人们乐意吗？"

"热乎得不得了。"

孙权说："问题的关键就在这里，从古到今，闻所未闻啊。"

张昭这一班文人已经镇静下来，文臣们是讲秩序的，他们稍一合计，办法就出来了，那就是联姻。

孙权一愣："我已经赔进去一个妹妹了，再也没妹妹可赔了。"

张昭说："这回不是咱送闺女，咱娶他。据说关羽有一女儿，年龄与主公的世子相仿，这不是一个好姻缘吗。"

大家都连声叫好，孙权也挺乐意，娶敌人的女儿做媳妇是很赚便宜的。

东吴的专使来到荆州，话说半截，关羽就站了起来，就说出那句闻名天下的豪言壮语：

"虎女焉能嫁犬子。"

专使把这句话原封不动带回去，专使想改也没法改，关羽名震华夏，他的一言一语影响极大，专使只能原汁原味传给孙权。孙权一下蹦起来，来回走不吭气。大家知道主公被气坏了，气到极限就说不出话了。大家还是希望主公说点什么。孙权不负众望，问大家："天下人何以犬称我们东吴？"

有人说：咱江东人爱吃狗肉。

有人说：咱是诸侯，只能守家门，自古天子不偏安。

也有人说：狗有什么不好，猛犬赛狼呢。

这句话孙权爱听，孙权咬牙切齿地问大家：

"犬能否咬虎？"

大家异口同声："主公亲手射过老虎，关羽不是你的对手。"

"好，咱们江东合起来就是一群烈狗，咱们来他个狗吃老虎。"

孙权和他的文武大臣们日夜盘算着如何吃掉荆州这只猛虎。

目前至少是不敢动的。不要说打仗，连关羽奇妙的床上功夫也弄不清楚。孙权很沮丧，跟前只有张昭一人，孙权说："我就弄不明白，什么都不干还能把事情干成？"张昭说："这完全是兵法上的虚虚实实真真假假，以虚击实。"

"这是兵法上的事情，看来要打仗了。"

8

—

消息传到荆州，关羽果然有这念头。确切地说是孙权的话提醒了关羽。关羽也不知道他要干些什么。他的任务是守荆州，只守不攻。这一段时间他很顺，女人们把他编排成神话人物。这是戎马生涯中从未有过的。幕僚提醒他：女人的话不可信。关羽睁一只眼："孙权的话呢？东吴这群狗谋划着咬我呢，哈哈哈哈。"

那天早晨，关羽拎起那把有名的大刀，两只凤眼全都睁开了。反正要打仗，先打东吴还是先打曹操？幕僚们举棋不定。关羽就在这时想起了军师。确切地说是他迈进大厅时想到的。他一级一级上台阶，上到最后一级，就觉得脚不对劲。脚和靴子不配套。进到厅里，往椅子上一坐，他就把靴子拔下来。原来脚比靴子小了两拇指，关羽乐了："你们说可笑不可笑，脚比靴子小，我竟然不知道。"大家面面相觑："将军瘦了。""我瘦了吗？"将军捏捏腮帮子，圆嘟嘟的。将军很谦虚："我脚本来就小。"将军喊内勤人员："拿双小鞋来。"将军自己给自己套上小鞋，将军还觉得挺舒服。将军就这样想到了军师。军师是在感激之情中出现的。将军向成都方向拱拱手，算是给军师致礼了。

"入西川，占荆襄，以出宛洛，是军师出山时的既定方针，军师的原话是怎么说的？对对，遣一上将，出宛洛，百姓岂不以壶浆待我乎？"

有幕僚说："大军北上，东吴抄我们后路怎么办？"

将军微微一笑："虚张声势，我的一座空城胜过十万雄兵，强大的声势已经造出去了。连孙权都认了，他是犬，我是虎，虎去威名在。"

有幕僚说："出宛洛受挫怎么办？"

关羽说："军师说了，王师北上，百姓欢迎，曹魏只能望风而逃。"

军事会议完全是按军师隆中对的方针进行的，进军计划也是军师思想完美的体现。

大家发现关将军今天特别谦虚。关将军的傲慢是出了名的，主公刘备也让他三分，曹操待他也是毕恭毕敬，关将军出道以来没服过谁。这回，大家强烈地感觉到军师的高明与厉害，关将军前所未有的谦虚就是明证，而且没有一点强迫的痕迹，完全出于自愿，出于心灵深处，在满腔感激中产生敬佩之情。

这就叫会做事情。幕僚做到这份上也就可以了。

大家也是幕僚，跟军师一比，惭愧得没法说。

后来发生的事情就是斩庞德因于禁水淹七军，直逼樊城，关羽再次威震天下。果不出军师所料，仗打得很顺。连战术问题也是按军师的风格办的。庞德武艺高超，与关羽不相上下。关羽斗智不斗勇，用水淹，剽悍的西凉勇将庞德落水就擒。

总结会上，关羽问大家有何感想，大家异口同声："将军学会斗智了。"

"这就是进步，"关羽一拍大腿，"跟军师混三天，傻瓜也会变聪明，聪明这玩艺比我那把大刀强多了。"

关羽后悔没跟军师多谈谈，以前的好多日子都给荒废了。关羽让大家搜集军师的言论，整理成册。夜晚，中军帐的烛光一直燃到大亮，那是关将军在学军师的大作，《春秋〉被丢在一边。将军见了大家，第一句话就是："军师要活在春秋战国，肯定是一大家，名字后边要带子呢。"大家频频点头，议论纷纷。

"孔明子。"

"诸葛子。"

"这些子都不妥，孔明子近于孔子，诸葛子太繁，可简化为诸子，呀，诸子百家呀。"

军师的伟大就这样被大家发掘出来了，诸子百家才融为一孔明一诸葛亮，军师本身就是智慧的集大成者。这叫不说不知道，一说吓一跳。

有人把这归结为天意。你想想，为什么不迟不早，在大军逼近樊城入中原的时候，军师才显示出他的神秘与伟大？这绝不是偶然的，这是与军师的战略思想相一致的。出宛洛，定中原，隆中对里已经敲定了。关将军北上的路线大致与隆中对相近。

大军直逼樊城。守将曹仁慌了，要弃城逃跑。谋士满宠劝他坚守。

曹仁亲自挑选五百名神射手，配以硬弓、毒箭。关羽提着大刀在城下走来走去，离得很近，整个膀子露在铠甲外边，只有一层绿绸衣裳。曹仁命令五百神射手："你们看见没有，关羽的一条胳膊露出来了，就射那只胳膊。"五百弓箭手突然站在城垛后一齐放箭，"刷"一声箭矢如黄蜂一般飞过来，其中一支扎在关羽那只胳膊上，关羽翻身落马。曹兵一片欢呼，纵横天下的关老爷终于落马了。曹仁很激动："哈哈，关羽是可以打败的，听我号令，坚守樊城，绝不许后退。"

关羽的神威开始动摇，关羽心烦意乱。将士们倒没什么，士气依然那么高。伤胳膊伤腿是常有的事。幕僚们也没怎么在意，张罗着找医生治就是了。他们没想到关将军这么在意。他们又不好劝，关将军自尊心特别强。看来他真伤心了。

名医华佗来到军营，关羽为之一振。华佗给曹操治过病，曹操又是骂又是叫，反而把病治好了。华佗显然把关羽当作一般的病人了。关羽叫人找来棋盘，华先生给他针灸，要扎他的穴位。关将军不干，关将军说："曹操又喊又叫，我偏不叫。"

"那是以怒气催病，不用扎针。"

"他不扎我也不扎。"

"你中的是毒箭，要刮骨要用火烧。"

"刮就刮吧，烧就烧吧。"

"将军你这又是何必呢？麻痹穴上扎一针什么事都没有。"

大家劝华佗，我们关将军要煞敌人的威风叫曹贼看看，他们的毒箭屁都不顶，连蜂刺都不如。

华佗莫名其妙："我眼里只有病人，没有军人，给我抖威风没有用呀。"

"你是名医，借你的口给我们宣传宣传，不信他曹仁不害怕。"

"怕是挺可怕的，伤筋动骨外科手术跟活活杀人一样，除非你不是血肉之躯。"

关羽一拍大腿："我就要这效果。"

"你不是血肉之躯？"

"我是钢铁之躯。"

"钢铁不是人啊，"华先生有些发抖，"这也不符合我的职业习惯。医生是给人治病的，医生把人治成钢铁，天下人不是要耻笑我吗？人家会骂我把人不当人。"

"噢，我明白了，你是怕影响你的收入。"关羽挥挥手，幕僚拿出一堆"黄鱼"，关羽微微一笑，"怎么样，你看几辈子病也赚不了这么多钱。"

"这不是钱的问题，这是砸我自己的牌子。"

"这还是个名声问题。"

"你关将军不也是很看重名声的吗？"

"那我告诉你，我关某不是一般的病人。"

"你自己不把自己当人看？"

"我不是一般人。"

"一般人是人，二般人是什么？"

"是英雄，"关羽压低嗓门告诉这个臭医生，"这是个英雄时代，你懂吗？"

"我只会看病，不懂别的。"

"把握不住时代的特点，你要吃亏的。"

"我第一次干这种事，很不习惯。"

"这可不是什么丢人现眼的事情，这是给英雄锦上添花，你明白吗?"

"我给曹操看过病,他可是能哭能笑,一点也不委屈自己。"

"那是魏国的英雄,不是我们蜀汉的。蜀汉的英雄跟其他地方的不一样。"

"我只在中原行医,没去过西川。天下竟然有这么奇特的地方?"

"等打完这一仗,我请你去成都,吃火锅。"

"老夫心里有底了,干我们这营生,没底的事不敢干。"

话是这么说,活却干得磕磕碰碰,关将军硬是挺过来了,而且谈笑自若,与人对弈赢了好几盘。华先生做完手术,他还不知道,华先生木呆呆地站着,将军问他怎么了,华先生说:"你有一股鬼气。"

"哈哈哈哈,这是英雄气概。"

"太可怕了。"

"有机会让你见见我家军师,那身八卦衣那把鹅毛扇,光行头就足以威慑敌胆。"

"太可怕了。"

"不敢去西川了吧。"

华先生不知是怎么离开大帐的。

刮骨疗毒,其效果远远超出水淹七军斩庞德。连关羽也没想到,他的本意只是消除曹仁射箭的影响,恢复原来的形象。其间,随军司马王甫提醒他:见好就收,回防荆州。当初北进襄阳樊城时,王甫就提醒他注意东吴偷袭。现在胜仗不断,又提此事,关羽就有点烦王甫。

"你又不是瞎子没看见曹魏兵败如山倒吗?"

"可也没出现百姓欢迎的场面。"

按孔明的设想,我们的大军只要一到中原,百姓就会酒肉款待迎王师。

关将军有点吃惊:"怎么不见百姓的影子,他们都跑哪儿去了?"

"他们都种地去了。"

"自古百姓爱王师，我们是正义之师。"

"曹操给他们地，他们就满足了，连士兵都有地，北方全是屯田。"

"他们只认粮食，不认正义。"

"兵荒马乱，正义就是粮食，粮食就是正义。"

"曹贼奸邪，就会收买人心。"

"人心不好买呀。"

"什么意思?"

"我琢磨如何收买些民心。"

"你想学曹贼了?"

"他的办法很管用。"

"可他是贼。"

"他能治理天下。"

"汉王刘备本身是一面旗，用不着这些小伎俩。"

"小伎俩能办大事。"

"你怎么喜欢上曹操啦?"

"小伎俩比玄虚有用啊。"

"打仗本身就是唬人的，能唬住人就行。"

9

东吴这只狗咬关羽很管用。吴兵一过江，荆州就投降了，周围的城市一个个陷入敌手。关羽还没愣过神，他手下的兵将早已散了。

跟前只剩很少的亲兵和儿子关平、勤务兵周仓，随军司马王甫也在内。

败走麦城是很凄惨的，确切地说是关羽的回忆之旅。

田野一片金黄，谷穗和豆荚沉甸甸的，关羽首先想到的是西川。当年入川的时候，他所见到的情景比中原更肥沃更富庶，稻浪滚滚，阡陌纵横。刘璋虽弱，百姓却很富裕，从汉中传来的五斗米教更是乱世一绝。到处设义仓放粮，行人可以随便讨一碗粥喝，别处战火纷飞，白骨盈野，惟西川一隅升平歌舞，丰衣足食。刘璋很知足，他只想守住门户，谁入主中原他就认谁。他无意于逐鹿中原。他也犯了一个错误，那就是他不了解他所处的时代。那是个叫花子都想当英雄的年代，西川那些野心勃勃的人恨死刘璋了，张松法正就是一例，先投曹操，曹操拿架子，刘皇叔不拿架子，张松就投刘皇叔，西川人喜欢笑嘻嘻的主子，喜欢被人家客客气气地征服。刘皇叔一班人马笑嘻嘻入川，态度和蔼，平易近人。近人之后，西川就到手了。到手的西川再也见不到波涛般翻滚的稻谷，再也听不到优雅的音乐和读书声。富庶的西川永远成为过去。川人被拴在先主的战车上，田园荒芜，民有菜色。蜀汉是三国中最穷困的国家。我们什么都没有，我们有的全是子虚乌有的神话故事，长坂坡当阳桥，都是我们被曹军击溃后逃亡路上的自我安慰。好多年后，我爹反复给我灌输这些英雄故事，我都听腻了。阿斗我反而起了疑心，怀疑这些故事的真实性。我刚一流露这种情绪，他们就叫我傻瓜。

我很喜欢这个绰号。我就是不明白他们为什么让一个傻瓜当太子，继承皇位？

那年秋天，伟大的战神关羽将军在他败走麦城的路上，在他想念起西川最初的富饶之后，便想到了我。他把我与那些不合时宜的风物连在一起，真是抬举我了。不过，我挺喜欢稻谷和麦子，它们金黄的穗儿要比刀枪的寒光可爱多了。我总是把女人美妙的圆臀比作瓜果，把她们的胴体想像成饱满的麦粒或稻谷。她们跟庄稼的籽粒一样，有一种天然的醇香。

据逃难的士兵说，关羽那时叫了一声"太子"，就说不出话了。据士兵们讲，关羽完全有时间逃回西川，可他不回西川，他终日在原野上盘桓，遥望荆州，他不停地捣拳，他要回荆州。荆州是最富生命气息的地方，部将有人去上庸搬救兵，刘封孟达的军队坐山观虎斗，所谓蜀汉万众一心仅是一句空言。将士们放声大哭，哭声震野。

关羽在大雪中等待东吴出现一员大将，他想死得壮烈一些。他是多么壮怀激烈的一生啊！最先动摇他的是胯下的赤兔马，那一身烈火般的鬃毛一下子黯淡下去，灰扑扑的。东吴的将士大呼："关公骑白兔，关公骑白兔。"

战马跟兔子一样发抖，关公的脚脖子也抖起来啦。就是那双脚，那双讨厌的脚开始抽筋把脚板都抽小啦，马镫松垮垮的，颤抖的面积迅速扩大，直至头顶。关羽就这样栽下来，擒他的是一员无名小将。关羽扭头看他半天也记不住这张面孔。关羽恶心得哇哇大吐。

我不想讲关羽的死，他被人生擒就已经够伤心的了，我干吗还要跟他的死过不去。

从那时起我就不想待在西川了。我登基的那些年简直是受罪。我总是三心二意，连我自己也搞不明白我在干什么，军师三番五次给我鼓劲，我都烦了。我烦透的时候就大叫兔子兔子。军师以为我要吃兔子。我告诉他："不论你多聪明，你永远也搞不清一只兔子。"御膳房那帮蠢货真的烧了兔子肉给我端上来。我说："我要骑兔子。"他们全都哑巴了，兔子尾巴长不了，他们怎么就不明白呢？

第 三 部

1

蜀国是没法待了。黄皓说：蜀国不存在了。说完就哭。我说你哭什么哭？蜀国不存在了，有咱们存在的地方。果然，司马昭传令要见我。我到洛阳将军府。司马昭一不赐座二不看茶，让我干站着，用他那阴鸷的眼睛打量我，很快就把我看毛了。我都尿裤子了，裤裆湿漉漉热乎乎，还带着一股呛人的味道。

这种味道很适合我，我释然了。我是个令人厌恶的人，我从来没吃香过。我当皇帝的时候大家都看不起我，全世界的人都蔑视我。大臣们拥戴我，全都是我的皇帝头衔，全是奉承，这一点我是清楚的。多少个日日夜夜，我都在念叨，总有一天会真相大白的。这一天终于来到了。我不争气的裤裆竟然湿了，竟然散发出如此恶心的臭味。真相是可怕的。

我敢肯定，司马昭也被我这真面孔气蒙了。

我窝囊我自己，关你们什么事？

我害怕，越怕裤裆越湿，我难以自制。

司马昭非要把我吓成这样子，他要把天下人都吓成土黄色，称王称霸的人就喜欢这颜色，龙袍就是那颜色。我穿那玩艺儿穿腻了，我穿那玩艺儿的时候从来不拿眼睛瞪人，我的眼睛不威风。我打量人家，人家就脸红，我赶快把目光瞟到别处去。我搞不清龙袍跟人脸有什么关系，司马昭让我搞清楚了，可他目前还不是皇帝，他穿的是官袍不是龙袍。他这样看人确实有点迫不及待。

好在他收回了那种可怕的目光，他声色俱厉痛斥我如何荒淫无道，废贤失政。

我又尿裤子了，要尿就尿吧。我就这德性。以前先主和军师教训我的时候，我就紧张，我听到圣贤的大名就想堕落，就想女人，就想斗蛐蛐，弄得先主和军师焦头烂额。如今阿斗我落魄了，我身体很知趣地排泄出一股浊水，附加上呛人的臭气，直扑司马大将军的鼻腔。司马大将军"啊噼啊噼"连打几个伟大的喷嚏，就咆哮起来。

"你这头猪，你从猪圈里爬出来的吗？"

"我从四川的皇宫里来的。"

"皇宫就这样子吗？"

"皇宫就这样子。"

"嗯——"

"皇宫让我搞臭了，我就不想待了，邓艾就把我赶出来。"

"知道这是什么地方？"

"是大将军府。"

"那你还敢如此放肆。"

"我一害怕就尿裤子。"

"你这是蔑视礼法，本将军崇尚礼教，最最痛恨你们这些蔑视礼法的人。"

司马将军刚刚杀了一批蔑视礼法的名士，如竹林七贤中的嵇康、阮籍等。他要杀我一点办法都没有。那些名士跟我一样比较淫荡，整日与酒色为伍，还吃什么五石散。甚至不穿衣服，疯疯癫癫。嵇康给朋友的信中，竟然大谈他的膀胱如何憋，憋得难受。一个人想尿尿又不能淋漓尽致地去尿，老这么憋着，总不是个办法。司马家族肯定知道这件事。嵇康先生的痛苦很有点时代特点，迅速传遍全国。名士的风度竟然出自裤裆，那种冲天的臊臭令人吃惊也令人怀疑。我阿斗无意做名士，我尿裤子可不是学嵇康。

我结结巴巴告诉司马昭："我没憋着，我膀胱一胀就放水儿了。"

我的担心是多余的。我不是能憋之人，我自制力特差，我是个随心所欲的人。我的放纵完全出于无能。我跟竹林名士不同，他们是借题发挥，我是真正的醉生梦死。我的想法很快得到魏国大臣们的赞同，官员们纷纷向司马昭启奏，说我阿斗虽然有失国政，客观上给魏国统一天下创造了条件，而且归顺较早，应该宽赦，给东吴做个榜样。

司马昭还沉浸在愤恨中。他太恨那些蔑视礼法的人了。那些名士总是跟他作对。他崇尚礼教，假借为汉室复仇来夺曹魏的大统；竹林名士们偏偏不拘礼仪，赤身露体者有之，长醉不醒者有之，青眼白眼看人者有之。我在成都时略有耳闻，觉得很好玩。司马昭杀了他们还不解气，还要在我身上发泄。他的斥责声又大又响，滔滔不绝，没有停下来的意思。

我这一生听惯了高调，孔明先生的大半生就是给我唱高调的，孔明写了前后《出师表》我听见高调就头疼。我原以为亡国之君听不到这些玄而又玄的东西，可以从高调中解脱出来，我听高调如同渡苦海，我听孔明的，听先主的，听姜维的，又听你司马昭的，我成了大尿罐，谁都可以对着淋漓尽致一番。我生气了，真的生气了。那些唱高调的人绝不是什么好东西。他们总想把别人当尿罐，来排泄自己的污秽，这样他们就显得干净显得高尚显得纯粹。

我生气也没用，我是窝囊废，窝囊废生气只能跟自己过不去，只能自己把自己当尿罐。我不知道司马将军要把我折腾到什么程度，我情不自禁地小便失禁了，一股热流奔腾而出，地面出现一个湿疤，在一圈一圈扩大。我心中大喜，相父你看见了吧，你朝思暮想的北伐全成了泡影，而我却"侵犯"了魏国的土地。我把魏国的大地给弄湿了，嘿嘿。

我显然用的是疑兵计，我告诉司马将军："你很厉害，厉害人发火，胆小的人就得尿裤子，这是没办法的事情。"

　　司马昭指着他众多的部下："他们怎么不尿裤子？"

　　我一口咬定："他们绝对尿了，他们是你的忠实部属，他们打心眼里服你，服你的惟一标志就是尿裤子，起码也是尿急。"

　　司马将军显然需要这样的忠诚，尽管他不忠诚，随时要夺曹魏的大统，可他要别人忠诚。即使这种忠诚带一股臊味，他也要。他阴鸷的目光开始扫描他众多的部下，扫到谁头上，谁就软蛋了，脸上露出很难受的笑容，膝盖一抖一抖，正撒尿呢，满腔豪情顺着大腿根泫泫而下，地上很快出现一个个湿疤。大将军府弥漫着浓烈的臭味。

　　司马昭和他的部下目瞪口呆，不知所措。

　　我便提醒他们，曾记否曹丕墓地驴号？

　　众人恍然大悟，司马昭也欣然而笑。大家真也不拘束自己了，大尿特尿，放开手脚尿。那些武将尿得威武雄壮，嗒嗒嗒跟奔马似的。相传，曹丕手下有个大文人陈琳，文章写得好，曹操在世时也很推崇他，曹丕更是器重陈琳。陈琳死后，曹丕率文武百官去墓地祭奠，曹丕大悲，对百官说："陈先生生前爱听驴叫，咱们学驴叫以悼念先生吧。"曹丕率先学驴叫，百官竞相效仿，墓地驴叫之声不绝于耳。司马昭显然想到了这个故事。当然他没那么傻，大家尿裤子他绝不尿，他用他那双猫头鹰似的阴鸷眼来回地打量他的下属，他的下属就可怜了。他们在茅房也没这么撒过尿。他们都撒不出来了，他们撒出了最后一滴，好像在比赛他们的赤胆忠心。

　　司马昭很满意，他看我的目光不那么阴鸷了，他骂我你这臭小子。我知道没什么危险了。

　　我是那个时代最怯懦的人，我是个地道的耗子。我长年住在深宫大院，皇宫是没有这些小动物的，我甚至没有跟它们见过面。但它们是我生命最真实的部分。我跟耗子的关系在于神似而非形似。我跟女人交欢，总有耗子打洞的感觉。她们喜欢跟我睡觉，那种喜悦是真心实意的，不存在对皇帝的敬畏。我也不喜欢别人敬畏我。我在龙椅上就不自在，军师老想教训我，却一口一个皇上，把他的聪明与智慧全隐藏在恭敬的言辞里，文武百官亦如此，我烦这些虚情假义。我在后宫跟女人在一起，我首先丢弃的是那件可恶的龙袍，从那黄皮里跳出来我呼吸都舒畅了。我就穿一件绸衫儿，趿着鞋在后宫里乱奔，这样自在些。谁也不用喊我皇上，就喊我一嗨！我喜欢宫女们朝我"嗨"！就像呼一只小动物。我宁肯做一只轻松的小动物。宫女喜欢我这种随便的样子。她们悟性极好，睡一次后，她们就会用手绢编出一只小耗子，放在手心左瞧右瞧瞧不够。明眼人都清楚，这些会编布耗子的宫女都是我宠幸过的。布耗子就这样成为一种象征一种标志，很快传到宫外，风行民间。

她们把我当作耗子，完全是出自内心的喜悦，她们不可能把耗子跟怯懦和恐惧联系在一起，她们想到的是耗子的可爱与情趣。

我在她们跟前赢得了人格和尊严。

傻瓜也是有自尊心的，傻瓜的自尊就是给人带来愉快和情趣。

司马将军粉碎了这种情趣。司马将军习惯于把他的威风灌进所有人的心灵。不可否认，他这种强制性行为是很有效的。他好像在挖掘我的潜力。

"你的脸怎么黄巴巴的?"

"将军说的全是真理，我太激动了。"

"激动脸红才对，怎么是蜡黄蜡黄的?"

"是土黄。"

"蜡黄土黄都是黄，你的激动跟别人不一样?"

"我不是一般的激动。"

司马昭乐了，在我跟前转过来转过去转个没完，他终于发现了我的水儿。看见了也好，没必要隐瞒。我告诉他：离开成都到现在，一直没那个。司马昭明知故问：哪个？我毫不客气用最粗的大拇指狠戳一下，告诉他：就是这个！

"没有妇人陪伴你也能乐？"

"快乐成了习惯，就要想法子保持下去。"

"我算服你了，就封你为安乐公吧。"

我马上意识到这是个重要的角色，忍不住喜形于色。司马昭直皱眉头：真是扶不起的阿斗。我告诉他："谁也没扶我，是我自己到魏国来的。"司马昭不明白这话什么意思。我说："你这么聪明的人也好意思装糊涂，我被人辅佐了一辈子，辅佐我的人死光了，我总算摆脱了他们，我可以做我喜欢做的事情了。"

司马昭越听越糊涂，竟然问我喜欢做什么？我反问他："你知道我最不喜欢做什么？"司马昭脖子伸得很长。我告诉他："我最不喜欢做皇帝。"司马昭跳起来："不可能不可能，这怎么可能呢？我们爷儿几个出生入死前仆后继才熬到晋公的位置，连王都不是。"司马昭很激动，竟然随随便便流露自己的野心。我说："你的秘密对我无所谓。"

"我有什么秘密？"

"你想当皇帝。"

司马昭愣住了。

"你们魏国人太爱当皇帝了。曹操惟才是举，招了不少人才也招了不少有野心的人。我相父孔明就比他高明，用几个招几个，绝不多招，多了反而是祸害。"

司马昭的脸一会儿红一会儿白。我说："你激动了。"他点头承认。我无意中让他做了一次老实人，他很不痛快。要谋权篡位就不能老老实实。他是三国时最不老实的人，却朝思暮想让天下人都老实起来，他要干什么就不会碍手碍脚了。他说："先委屈你一下，等扫平东吴天下一统，再封你为王。"

"我喜欢做安乐公。"

我越表白，司马昭疑心越大。我告诉他："我是天下头号大笨蛋大傻瓜。"他的下属们也说："阿斗确实扶不起来，他真要被孔明姜维扶起来，咱们可就惨了。"司马昭忙问："那会怎么样？"下属们开始想像被扶起来的那个阿斗，秦皇汉武似的不可一世，真正的阿斗近在眼前他们却视而不见。连我也对自己产生了许多联想，但我如何也成不了曹操孙权那样的旷世英豪。他们把我想像成英雄，这是没办法的事情。他们的嘴巴张得那么大，眼睛那么惊讶，我不能不捍卫一下自己。我告诉他们："不要把孔明姜维跟我联在一起，联在一起我就不真实了。"

我这么说反而提醒了他们，他们不停地叫："如虎添翼如虎添翼啊！"

就这样，我在他们的想像中俨然若孤松之独立。

"你们真了不起，相父孔明对我都无能为力，你们大舌头一转就把我弄起来了。我告诉你们一个小孩都懂的道理：一个人躺着得四个人抬。我就是躺在龙椅上做皇帝的。你们把我请到地上，封我为安乐公，正合我的脾气，我可以继续躺下去。"

下属们相信了，司马昭还在犹豫。司马父子阴谋了一辈子，很难相信别人。大家劝我忍一忍：晋公会相信你的。

要向天下人证明自己是傻瓜，跟证明自己的才华一样艰难。

2

他们给我一座宽敞华贵的府邸，我手下不少人被封侯晋爵，锦衣轻裘，高车骏马，我们都过着很体面的日子。

川蜀边远地方的旧部派人来洛阳暗访。他们看到旧主刘禅受魏国厚待，便返回原地，率本部兵马纷纷归顺司马昭。司马昭一如既往，给他们加官晋爵。可他偏要杀黄皓，弄得我下不了台。

黄皓侍奉我多年，没功劳也有苦劳。孔明和姜维要杀他，被我拦住了，司马将军杀他就没道理了。

将军的属下告诉我：黄皓囊国害民，非杀不可。我说：他囊的是蜀国害的是蜀民，与你们魏国何干？治他罪的应该是我。他们说：杀黄皓是正天理正良知。

司马将军拿出正义和公理，我一点办法都没有。黄皓，我救不了你了。要是孔明和姜维给我讲天理正义，我非杀了他们不可。

司马昭的属下问我嘀咕什么？我如实相告，他们笑，笑完了说：这就叫英雄所见略同。

就这样，司马昭完成了孔明姜维的未竟之业，将黄皓推出市曹，凌迟处死。

我一下子孤单了，没有太监的日子真不好过。在成都时，无论喝酒还是玩女人，都有个照应。如今我要单独面对世界了。

我的世界很狭小，全在庭院里。我一个人观赏歌舞对付女人和酒，有点力不从心。女人们说：有我们还不够吗？非要找个太监陪着。

那时，我和妇人上床作乐，总有黄皓在场，他要伺候我呀。妇人们很不习惯有人在场。我让她们慢慢习惯了。

黄皓就像屋里不可缺少的一个摆设，没有他，任何作乐也显得冷清没情趣。我精心装扮黄皓，女人们也不示弱，她们让黄皓穿上女人衣服，一边作乐一边瞧这个活宝，情绪一下子就提上来了。用她们的说法，黄皓这厮比春药还管用。

好多乐趣就是这样产生的。

我剥女人的衣服总是往地上扔，多少有点破坏气氛的味道。黄皓小声进谏：妇人的美是从衣服开始的。我照他的吩咐做，果然从她们的裙衣上发现了那种美妙的感觉。衣裳是她们肉体的一部分。她们的美妙是从解衣宽带开始的。

多少妙境就是这样流逝的，幸亏他提醒，我及时弥补了这一损失，功效倍增。精心睡一个妇人等于睡十个八个，而她们得到的乐趣更多。

我重重地奖了黄皓，这厮谦虚得要命，他说：这不是我的功劳，是先主英明。先主曾讲过：兄弟如手足，女人如衣服。

这是先主对关羽讲的。先主的意思是：衣服可以添置，手足断了，不可复得。太监黄皓拿先主的话来作理论根据，有点牵强附会。黄皓辩解说："民以食为天，以衣为地；衣食者，人之父母也；无衣不但要受冻馁之苦，还要遭受世人的白眼。世人都是以衣量人。"

女人的重要性一下子被发掘出来了，宫里上上下下对黄皓不禁刮目相看。他说到女人的心里去了，女人们把他当圣人。我也觉得这家伙不简单，对女人的论述就像孔孟的经书，博大精深，余味无穷，充满微言大义。

魏蜀吴三个开国之主中，先主刘备是最受女人青睐的伟男子，前有甘夫人后有孙权的老妹孙尚香孙夫人，她们给先主的戎马生涯增添了不少光彩。相比之下，曹操就惨多了，曹公为了跟张绣的寡嫂幽会，差点丧命。董卓和吕布被貂蝉的连环计整得更惨。董吕不得善终，曹操凄凉孤苦，又是《短歌行》又是《观沧海》，他要是能赢得几颗妇人的芳心，就不会写这些破诗。先主比他们幸运多了，先主的帝业一半在蜀一半在妇人。相父孔明只知其一不知其二，先主去世后，相父六出祁山，上奏《出师表》，始终在开拓疆土上打转转；相父是不会开拓到妇人身上的，孰不知妇人也是一片辽阔的天地。太监黄皓辅佐我开拓这片天地，也是继先帝之遗业。可惜没有人理解这些。那些南征北战的将帅被先主视为手足，我也把黄皓当作我的手足，手足被砍，惜乎！痛乎！我快要放声悲歌了。

女人们劝我节哀。她们都是从成都带来的，侍奉我好多年了。她们说：陛下的手足好好的，不用担惊受怕。我告诉她们："我跟黄皓的手足之情是别人无法代替的。"她们说："陛下跟黄公公情系何处？"我愣了，不知作何回答。她们说："陛下丢了江山可没丢美人呀。"想想也对，我多少得到了一点安慰。

她们给我捶背问我疼不疼？失了一员爱将怎么能不疼？她们竟然说长痛不如短痛。我生气了，骂她们是群贱货。她们静悄悄等我发火。火气这东西像风，来去无踪。火一熄，她们就说："这是迟早的事情。男欢女爱，总归是陛下一个人的事情，就像先主创业，需要好多帮手，打下江山以后，帮手就没用了。道理很简单，打江山是大家的事情，坐江山是一个人的事情。黄皓虽然死了，我们还是陛下的，陛下的江山完好无损。"

"司马昭杀他杀对了？"

"陛下才明白啊，这是司马将军替陛下解忧呢。高祖皇帝杀彭越杀韩信，碍于情面，只好借重吕皇后。"

想想也对啊，黄皓这厮就是我的韩信，我的江山都是他打下来的。他虽然是个没球的家伙，他要夺女人的心，我一点办法都没有。他死了，少了我一块心病。我的疆土就是女人，我的竞争者很多，但绝不在宫殿上，更不会是司马昭这些人。我待在洛阳又安全又方便。女人们告诉我："司马昭做他的大将军，陛下做我们的皇帝。"我说："他迟早要登极做皇帝。"女人们说："他的疆土在外边，陛下的疆土在里边，他管男人，你管女人，有半壁江山在陛下手里。"

她们喊我陛下的时候，司马昭还是个大将军，刚刚封为晋公，后来又晋爵为晋王，至死他也没做到皇帝。可他那股牛皮劲儿已经跟皇帝差不多了。我和我的女人们依然把他当帝王看待。

我感到有必要开拓一下疆土，我派人去找司马昭，要几个洛阳美妞来伺候我。安乐公是他封的，我必须安乐出个样子。司马昭也不含糊，选了几个洛阳美妞送到我府上。

跟过去一样，我让她们挑自己喜欢的衣服，随心所欲地打扮自己。我告诉她们，打扮最出色的将得到主子的宠幸。她们天资聪慧，都能按自己的气质来修饰打扮。最出色的妞儿果然得到宠幸。我宣她进屋。那种事不能急，我们先下棋然后弹琴作画。做这些雅事，难免要手把手来教；有时我教她，有时她教我。她教我的时候不免有点小得意，妞儿得意时最可心。

我开始解她身上的带子。这一切浑然天成，我的手指好似鬼斧神工，无须话语点破，她就能领悟我手上的风情。那些手指仿佛在琴弦上流动，又仿佛是挥洒自如的画笔，妞儿一下子绚烂起来轰鸣起来。我轻轻动一下，她就叫出声，那是真正的莺歌燕舞。把妇人变成小鸟，让她们飞翔，你就是她们遥远而清纯的天了。这时候，她们会情不自禁地喊出：天呀！她们就亮了。

洛阳美妞足以代表魏国所有的女人，征服她们等于征服整个魏国。可以推想，等司马昭扫平东吴，我向他讨江东美妞，他不会拒绝的。我跟他的疆土互不搭界。他的功业在我看来是劳民伤财，我的所为在他眼里是醉生梦死。

我们彼此都看不起对方，我们合作得很好。

人除了生就是死，生死是最没办法的事情，不是在梦中就是在醉中，女人和酒是它们最好的归宿。我觉得我比司马家族的人更上路。我有点蔑视他，但我还有求于他。他毕竟给我送来了洛阳美妞，使我领略了中原女性的大好风光，将来领略江东风光，还得倚仗司马氏。

第二天，我去司马昭府上拜谢。司马昭设宴款待。陪宴的有魏国文武大臣和归顺的蜀官。

如此盛大的宴会很合我的胃口。我已经跟洛阳的美妞混熟了，有一种凯旋的感觉。

司马昭示意奏乐，我心里是何等的欢喜。中原歌舞一如中原美妞，强劲雄浑，奔放威猛，弄得人心惊肉跳。我有点不好意思。第一次跟中原美妞取乐，我就被她们勇猛的气概吓住了，当然，我是喜欢她们的。她们不同于小巧的蜀女，她们的个头比我还高，丰硕秀美，光彩照人，弄得我好像童男子。我相信任何蹚过水的男人，都会牢记这种难得的羞怯。男人的羞怯，多有魅力！她们狂迷，我有过之而无不及。

我就这样喜形于色了，我实在难以抑制那种喜悦。司马昭肯定别有用心，他问我最想要什么？我脱口而出，我要洛阳的漂亮姑娘。这正是司马昭所希望的，也正是我阿斗梦寐以求的。司马昭想让天下人都看看阿斗如何荒淫无度。我荒淫但我不无耻。我不在乎他的险恶用心。他对谁都想运运心思。他们司马家族的优良传统就是爱用心思爱动脑筋。这回他用对了地方。他很爽快，答应了我的请求。

我在洛阳度过了一个又一个良宵，北方妞让我大开眼界。在那快乐的日子里，我一次一次在冥冥中告诉相父孔明：你的大军六出祁山，多么艰难，又多么悲壮，你总是在群山里徘徊，最远也只是渭水北岸。我很快忘掉了相父，也忘掉了司马将军的险恶用心，我全力以赴投入到最纯粹的快乐之中。我把这个故事重复了好几遍，人只有在快乐当中才会变啰嗦。阴谋重复一遍，大概也就不是阴谋了。

我再次重复我在洛阳的幸福时，司马将军又把我请到府上。

他要看看我的反应，也就是说他要验证一下他的阴谋。他要亲眼看看我中毒没有。

中毒的人脸发青发黑，痛不欲生。

我喜滋滋的，我红光满面。司马昭问我感觉怎么样？我说就跟我爹当年娶孙权的妹妹一样。我爹娶一个，我娶这么多，哈，十来个呢。

身边那些蜀官又拿出他们的酸劲儿，唏嘘流泪，以示亡国之痛，以示与我阿斗的区别。我愈是喜悦，他们愈是悲戚，成心跟我过不去。他们爱哭就哭吧，我可不想学他们的倒霉样儿。

我的喜悦引起司马昭的注意，他又让人演奏蜀地的歌舞。我无法控制自己，只好放任自流；我的一切全都显出海阔天空的气派，我轻轻笑出声。司马昭一定把我当傻瓜了，这正是我所希望的。

幸福和欢乐总是以笨拙和呆傻来表现的。那是一种境界，跟智慧一样，一半来自天性一半来自后天努力。追求智慧有多艰难，追求笨拙亦如此。在生命的秤盘上，笨拙是惟一可以抗衡智慧的力量。

我的蠢相日趋完美，达到炉火纯青的状态。谁也没想到蠢傻愚笨能打动人，能摇撼人的心旌。瞧他们的眼睛瞪得有多大！他们冒热气的嘴巴里全是惊讶！我嬉笑自若，问他们怎么啦？不认识我啦？他们傻乎乎地看着我，我的傻相竟然延续到他们脸上，这是他们万难预料的。

智慧可没有这种感染力。智慧露头的地方全是倒霉事儿，不是流血就是恐慌，它摧毁的全是人类最珍贵最美好的东西。

在群雄纷起的时代，大家见惯了阴谋诡计，大家都麻木了，我的傻样儿给他们一种陌生感；他们迷惑，惊讶，继而感到亲切，谁也想不到生命还有这番新气象。生命是多姿多彩的，智慧之所以受人青睐，是因为它出现在人们眼皮底下，给人应急的同时也挡住了人的视野。我的傻相新鲜又神奇，给他们打开了一个全新的世界。

这是司马昭难以接受的，掌权者不容许在他之外存在任何中心，那会分散权力的磁性。司马昭拿出他力挽狂澜的架势要敲打敲打我。我是他的阶下囚，杀一阿斗如杀一条狗。可我阿斗不是一条狗，我所显示的不是人类惯常的那些聪明玩艺儿，全是不起眼的破烂货。痴呆傻笨被点化成金，大模大样登堂入室，像过河的卒子渐渐有了杀伤力，大将军司马昭就不能等闲视之了。

老将军遇到了新问题，杀又杀不得，捧又捧不成。他肚子里的玩艺儿全是对付聪明人的，兵书战策上没有对付傻子那一套。人类打产生那天起就没有对付傻子那根弦，难怪精明过人的司马昭弹不响这根弦，这根弦不好弹，司马昭干脆不弹了。聪明人遇到解不开的谜会装出更聪明的样子。司马昭不朝我看，跟他的属下贾充频频碰杯，我相信杯中酒被他当作熄火的冰了。

他喝得一点也不慌乱，镇静得像西天的佛爷。我知道他的大脑门要出现佛光。他的脑袋果然亮了，大杯的酒终于浇出了饱满的情绪。这时候他还拿住自己不朝我看，只跟贾充说话。大家都听到了，我也不例外，他说："人之无情，竟到了这种地步！即使诸葛孔明在，也不能辅佐他到老，何况一个姜维呢。"司马昭认为这话很有力量。聪明人使出自己的力量以后，还要看看效果。他问我："想不想蜀国？"我告诉他："到了中原乐土，不想蜀国了。"他满目流辉，把大家细细看一遍，大家都为我感到悲哀，尤其是蜀官，全都臊红了脸。人是个怪物，什么都可以忍受，独独不能忍受笨拙。他们压根儿不知道，笨拙是最好相处的朋友，绝对没有副作用。

我有点气恼。看来很有必要把话讲清楚。我告诉他们：皇帝就是这样产生的。他们大吃一惊，最吃惊者司马昭也，他不相信阿斗也懂帝王术。我说你别瞪眼睛，听我慢慢讲。他很乖，大家变得都很乖，我便讲了那个故事。

那是在蜀地，我微服私访，随行者只有黄皓。我们走进山谷，看见牧童在水边放牛嬉戏。放牧的还有大人，他们不嬉闹，坐在水边，赤脚伸进水里，他们的牛和羊正饮那条溪水。我忍不住对黄皓说：那牧人就像坐在龙椅上。那牧人果然叫起来：我要成皇帝了！我要成皇帝了！黄皓吓坏了，说这人要造反，快杀了他。我说：他给牲畜做皇帝，让他去做好了。黄皓说：这话不吉利，不管给谁做皇帝皇帝只能有一个。我说：你真糊涂，魏蜀吴不是有三个皇帝吗？

我们一直争论到道观，老道长说：山野农夫也有他们的乐趣，长年放牧山野，平生总有一两次会沉醉在花香里，晕眩在星光下，自己做自己的皇帝。道长的言外之意便是：世上的帝王都是别人的皇帝。那么谁是他们的皇帝呢？没有人能解开这个谜。

我的故事很沉重。司马昭和他的属下面面相觑，他们的惊讶是空前绝后的；他们倾心向往的东西，让我给弄得不那么神圣了。

我看不惯他们青紫的脸，跟鬼一样。他们生气，我就拉屎。我在茅房里拉得山呼海啸，痛快极了，出来时如释重负。蜀国的旧臣郤正紧跟我身后，他不解溲，他要向我进谏。国难见忠臣，我再混也不能拒绝别人的好心和忠诚。旧臣郤正说："陛下怎么能答应不思蜀呢？若司马昭再问，陛下您就流着泪说：祖宗的坟墓远在蜀地，无日不思蜀。司马昭一定会放陛下回去。"

回不回西川无所谓，关键是不能让司马昭的脸老青着；青紫色很吉祥，但搁在脸蛋上是很危险的。

司马昭和他的属下一直青着脸。我很想安慰他们，我满腹心事的样子大概很可笑，司马昭又问我："想蜀国了？"我把郤正的话学一遍，眨巴着眼睛眨不出泪，便闭上眼睛。司马昭果然喜欢这种蠢样子，不管这蠢相是真是假，他都喜欢。聪明人要的就是这个，他们见缝插针，不放过任何显示聪明的机会。司马将军的才智就一下子成了燎原之势，熊熊燃烧起来。他的脑袋快要被烧红了。红得透亮，智慧到了炉火纯青的地步，不是他的嘴动，是智慧依随了神灵在动。神灵在高高的天上说话了，神灵问阿斗："为什么像郤正说的话？"我理所当然惊讶起来，愣了半天，告诉司马将军："确实是郤正说的。"司马昭和他的属下哄然大笑，笑声直上云霄，青紫紫的脸很快红润起来。

危险过去了，皆大欢喜。

司马昭拍拍我的肩膀："老实人啊！这年头老实人太少啦。"我说："有了老实人，您就可以做皇帝了。"司马昭不好意思："阿斗先生说哪儿去了，我怎么能做皇帝呢，皇上封我晋公就不错了，顶多当个王。"

"那我就不叫您陛下，叫您晋公或者晋王。"

"目前我还是晋公，叫我晋公吧。"

我叫他晋公，他叫我先生。我弄不明白，他为何叫我先生？

"你的故事把我打动了，我从来没听过这样的故事。"

就是山野牧人和道长的故事。我告诉他，我肚子里全是这样的故事。

司马昭很高兴："叫你先生没叫错嘛。"

后来我给他讲了好多故事，他听上了瘾，连做皇帝的兴趣都没有了，让儿子司马炎去做，他至死没有做皇帝，一直沉醉在我的故事里。

3

—

相传十常侍掌权的时候，有大臣向皇帝密报："太监掌权天下必乱。"皇帝问他这是为何？大臣说："太监是不长球的人，让无球之辈掌握权柄，权柄就没了。"皇帝说："掌权的人非要长那玩艺儿吗？"大臣说："至少在形式上应该如此。"皇帝不明白他所谓的形式。大臣说："皇帝爱太监古今一理，可以给太监权，但万万不能授以明确的官职。我们现在的危险就在于：把秘密公开了。"皇帝对秘密很感兴趣，问他是什么秘密？大臣说："裤裆里的球不算，脑袋里的球才是真家伙，善于驾驭人的王者需要打磨他的下属，挫掉他们的个性，也就是挫掉他们脑子里的想法。从这个意义上讲，所有官吏都是太监，是精神上的太监。在内宫设太监，完全是一种标志。陛下的危险就在于让太监直接掌权，这是个可怕的信号，百姓会以为朝廷无人了，说难听一点好像汉室无球了。"

大臣声音很小，可皇帝被吓坏了。

黄巾暴乱就是这么发生的。张角兄弟在河北竖起一面大旗，大呼："苍天已死，黄道当立。"也就是说汉室的裤裆里空荡荡了。岂止朝廷空荡荡，各州县地方官吏也是空荡荡。黄巾大军迅速崛起，席卷河北，快要过黄河陷京师了。

相传先主刘备是第一个恨黄巾的人，他恨黄巾的原因很简单，他跟黄巾一样是穷光蛋。在另一个故事里我要告诉你，先主刘备是个流浪汉。他是那种流浪汉：漫长的流浪生涯非但没有激起他的愤慨，反而使他产生很多感叹。他站在富人的深宅大院里，羡慕之情油然而生。他是编席子的，可以到大户人家里做活儿。劳动使他产生幻想。他没有妒忌。他深信这是君子风范。妒忌是一种很不好的情绪。他向往什么便热爱什么。疯狂地热爱，处心积虑地热爱，不容一丝一毫的损害。先主沉浸在梦幻中不能自拔，沉得是那样深，那样专注。人家看官府的告示，他混在人群里脑子里却想的是东家的大院和车马。他是在人们的议论中清醒过来的。世界出现了大问题。有人要毁坏这美好的世界，这就等于毁坏他的梦。

他就是这样恨上黄巾的。他是这样一种流浪汉，他善于给各种愤怒而褊狭的情绪找到正当的理由。他在人群中叹息一声，有人指责他，他佯装不知，继续叹息，叹得那人躁了，要跟他动粗，他也不见怪，被人家揪住领子拉来拉去，他才轻声说："汉室衰败，奸民作乱，焉能不伤叹？"围观的人都叫起来："原来是个义士呀，难得这么忠义。"他的泪"刷"就下来了。那是他第一次落泪，如同及时雨，连他也没想到自己有这种奇异的本领，心到泪到，神速见效，而且泪伴灵气，脑子转得特别快，他竟然脱口而出，说他是汉室宗亲，是中山靖王之后。那时他正流落在河北中山一带，他自己也不知道自己叫什么，他的梦想帮助了他，他顺手拿来国姓刘，他渴望深宅大院，早早结束有上顿没下顿的生活，他就取一个备字。他说他叫刘备。围观的人敬上加敬。揪他领子的人不好意思了，抱拳叫大哥，他相当矜持地点点头。正是那点头的动作使众人看到某种官相，人们议论纷纷：到底是皇族啊，气度不凡啊。揪他领子的莽汉扑通跪到地上，请求宽恕否则就长跪不起。这是他的拿手好戏，自然大方效果很好。

莽汉叫张飞，对他佩服得五体投地，他的野心就是从那一刻产生出来的。一个桀骜不驯的人跟狗一样伏在你的脚下，周围的人像看太阳一样看着你，你当然会勃发出那么一点野心。他的张飞兄弟就这样改变了他的一生，他很冲动，他差点跨上去骑在张飞兄弟的背上。称王称霸的首要条件就是要有一批人，这批人乐意为你驱使，为你做狗。张飞兄弟也是平生第一次钦佩一个人，在父母之外，张飞从没给人下过跪叩过头，更没有全身心地伏在地上，伏得那么久那么虔诚。

好多年以来，张飞强悍的躯体里就涌动着一种神奇的力量，这种力量弄得他焦灼不安。他一直搞不清这种力量的去向，也就是说他给这种力找不到出口。相传他把这种力用于练武。他是天生的勇士，他不屑去抢刀舞枪，他让工匠打造一柄丈八蛇矛，矛尖是弯的，丑陋而锋利，让人望而生畏。他的功夫是这样练出来的，他飞马而过时，蛇矛在屋檐的椽头戳一下，椽头一根不差缩回一大截。人们目瞪口呆，张飞自己也很满意，以为自己找到了得心应手的物件。他乐不可支，跟小孩热爱玩具一样热爱他的蛇矛。整天拖着这个大家伙在乡镇上晃悠。大家笑他："张翼德，你的锤子是弯的吧，你弄这么一个弯家伙谁受得了。"张飞张翼德憨憨地笑。人家就以为他那玩艺儿是弯的。因为他身上有一股不同常人的邪劲。男人为女人发疯时就是这种邪劲。张飞的邪劲天生如此，并且以长矛的形式表现出来，而且是弯弯曲曲的蛇矛，大家都很怵他。开他的玩笑也不敢开得太过分。把他惹毛了，他拿那家伙捅你一下，就倒霉了。

蛇矛带给张飞的满足是很短暂的。他很快就烦了，不过没到丢弃的程度，只是三心二意罢了。那股邪劲又开始窜动。真不知道天地间有何物能消解这种可怕的力量。

相传张飞曾以酒解闷。那种闷在心里的力量憋得他难受。他整日飞马狂奔，挺着长矛，凶神恶煞一般。方圆几十里，鸡犬不宁，伤人毁物，胜似虎狼。大家远远躲开，连最好的朋友也离他而去。那时的张飞是孤苦伶仃的，长矛掂在手里轻飘飘的，胯下烈马根本就没有感觉，连地也是虚的。挺矛跃马的张飞像走在水上，摇摇晃晃打水漂。大家在远处议论纷纷：

"这猛张飞，地上放不下啦。"

张飞自己也感觉到了，他就这样走进酒店，灌一大碗烈酒。那股神力跟网一样张开，张飞"嘿"一声，掂起酒坛往下灌，酒浆都溢出喉眼了。满满当当，酒刚好压住身上的邪劲。张飞觉得很带劲。谁都听见有一种吱吱声，灌下去的酒浆很快就干了。酒到底拼不过壮士张飞的神力。不过张飞很高兴，很乐意让身上的神力制服烈酒。他就抓起酒坛继续灌，而且很夸张地用手一拃一拃往上量，量到耳根为止。他嘴张着，人们可以看见里边的酒浆，慢慢地冒热气。

大坛的烈酒暂时稳住了张飞的狂躁。

谁都知道这不是长久之计，酒不能当粮食。

有人想到女人，女人可以泻火。再躁的男人，跟女人折腾几天也就蔫了。猛张飞粗中有细，大家的鬼主意瞒不过他，他对女人不感兴趣。他的理由也让人心服口服："谁家闺女敢跟我？她厉害还是酒厉害？"

张飞的邪劲让人不寒而栗。敬慕他勇力的妇人也都凉了心。女人确实心仪男人的强壮，可那强壮也有个限度，张飞的强壮远远超出女人的承受能力。

有经验的人看出了凶兆。老人们断言：要打仗了。他们说："女人都难以扑灭的火，那就是战火。"

黄巾之乱遍及中原。大家留心着张飞的举动，战争是他的最好归宿，他不是投黄巾就是报效朝廷。战争的消息到达村庄的那一天张飞张翼德提着长矛跨着骏马，踢踏踢踏在街上溜一圈。他连街口都没出。他和他的马在街口停住，他手搭凉棚朝村庄外望了望就回来了。无边无际的田野，以及遥远的远方，战鼓隆隆，旌旗蔽天，张翼德怦然心动，那威武雄壮的场面对血性男儿具有极大的诱惑力。张翼德是兴冲冲离家的，连他也没想到他的兴致还没有村街长，走到街口就败兴而归。

年轻人很惋惜：你应该去啊，你都披挂上阵了，你不管投哪一方，都是大将。

张翼德解甲卸鞍，不吭声。

老年人说：这叫待价而沽。

年轻人大叫：大将还不满足啊。

老年人说：匹夫之勇是粗人，粗中有细就不止是大将了。

人们自然而然想到帅。大家认定这张飞张翼德有鸿鹄之志，前途未可限量。

张飞冷冷地瞥大家一眼，张飞说："我的鸿鹄之志不是将也不是帅，这些玩艺儿没劲。"张飞把那个"劲"咬得很响。

连有经验的老人也猜不透他的心思。他的身上到底隐藏着什么神秘的力量，战争也难以遏制。

张飞自己也感到奇怪。练武不就是为了从军吗？他的武功已经很精粹了，无论他投谁，都会得到重用。

怎么用呢？这才是他关心的问题，也是他难以弄清的问题。

难以弄清就不弄。

他武也不练了，马也不骑了，他出去闲逛。这样他就逛到县城里。这样他就碰上了他的主子刘备。他一见之下就认定这人是他的主子。周围的一切都消失了，只有天只有地只有大地之间那个奇怪的人，那也是他梦寐以求的人，那就是他的主人。

在主人面前，他只想下跪。好多年以后他还在回忆那神圣而伟大的一幕：在当阳桥头，面对曹操十万大军，他不是不害怕，而是在害怕的紧要关头，他的膝盖突然发热，发热的膝盖在告诉他，你已经给人下过跪了，你已经有人了，你就不能再给人下跪，你就不能再有人。他沉浸在主人的光芒里，他的腿那么软，腰也是软的。那种彻头彻尾的柔软全部属于主人，而呈现给曹操的却是无动于衷，冷若冰霜，就像心中满怀爱情的妇人，面对陌生男人的觊觎便怒火冲天，他就喊了一下，声如洪钟；那是从对主人的膜拜里激发出来的。他相信人们的传言，曹操一员大将当场落马身亡。连曹操本人也落荒而逃，狼狈不堪。

他的目光停留在主人身上再也没有挪动，伟大的瞬间都是这样，迅如闪电，却把你给固定下来了。隐藏在张飞身上的神秘力量终于有了归宿。

他跟先主握手，手难以承受激情。

他给先主作揖，微曲的脖颈难以承受激情。

他给先主下跪，膝盖难以承受激情。

那股神秘的力量依然在翻腾在喧嚣。

他急得没办法，先主刘备也很着急，两人在街头团团转。就这样他们遇到了关云长，那也是个急于跪拜而一直没有找到机会的人。他和他的推车刚进城，就有一种释放感，他身上的神力不知不觉地扩散出去，牵引着他往那地方奔跑。两个人正在那里焦急万分，想不出跪拜的办法，他一眼就看出来了，他们正在为这个鸟问题而困惑。他就大喊："喂，两个不行。"他弃了车，大步走过去，"你们两个跪不成。"先主和张飞感到很吃惊，这个窥破他们隐秘的人一定是跟他们一样的人，先主就伸出他的手跟亲兄弟一样拍那人的肩膀和背。那人就想跪。张飞急了："我先来的，我先跪。"那人说："咱们一起跪。"

他们报了姓名，一起到那个有名的桃园。我敢肯定先主的野心是在那里产生的，他们的结义不是为了当英雄。这两个异姓兄弟说得很明白，他们身上有一股邪劲，多少年来一直在折腾他们。张飞压垮了多少马，毁了多少房子；关羽不骑马不毁房子，关羽跟骡马一样驾着车狠跑，车上装的全是粮袋，几匹牲畜都拉不动的车让他关羽一个人拉能跑几十里地。先主哈哈大笑："二位贤弟殊途同归殊途同归啊。"他们俩确实有川流万里归大海的感觉。

先主是很谨慎的人，先主不停地劝酒，直到关羽张飞烂醉如泥，先主便拿豪言壮语来激他们，他们醉中所言全是大哥大哥我的大哥，他们听不懂英雄这个刺人的字眼。先主放心了，放心之后便是感动，因为关张趴在地上还在叫大哥，他们扯嗓子叫。先主——把他们扶起来。先主终于下了决心。先主要干一番大事，干大事的首要条件就是要有死心塌地的人。先主的雄心壮志是在关羽张飞的跪拜中树立的。

先主跟那个时代所有的野心家一样，自然而然地扑向黄巾。

这就叫斩黄巾。好多人都加入了围剿黄巾的战争，江东孙策、山东曹操、西凉董卓等等，还有河北袁氏兄弟。大家都很谦虚，见了面都要大骂黄巾乱党，大汉的江山竟然有人称王称霸。大家都是来称王称霸的，但大家谁也不点破。说的不能干，要干的千万不能说。黄巾乱党敢说敢干，大呼"苍天已死，黄道当立"，便犯了大忌。

剿灭黄巾的战争很顺利。大家都憋着一股劲，谁当英雄就打谁。当然大家都不打汉朝。朝廷之所以被大家这么看重，是因为朝廷不重要了。谁重要就打谁，谁不重要就捧谁。大家一边打黄巾一边琢磨各路大军的底细，彼此都在掩饰。只有城府很深的人才能掩饰自己。先主刘备就是其中的佼佼者。这场战争磨炼了他，他摸准了所有的人，而大家谁也摸不准他。连曹操也是后来才窥破他的内心隐秘。

黄巾是一块大肥肉，把大家都吃肥了。黄巾败了，朝廷也完了，彼此不分胜负。战争结束的时候，拥兵最多的是董卓。大家很自然把他视为黄巾第二。他没喊什么口号，也不公开反抗朝廷。他在进步，他知道黄巾的办法不可取。重要的是进入朝廷，掌握权柄。

远在西凉的董卓就是这么打算的。朝廷阴谋不断，又没什么力量，灭黄巾耗尽了朝廷的力量。朝廷里的人要办事就得求实力派，董卓是最大的实力派，董卓机会很多。董卓知道，他手下的人也知道。手下的人还知道很多很多。他有幕僚嘛，幕僚们是生产计谋的。谋士想出来一个高明的办法，那就是遥望洛阳，京都洛阳。董卓朝东方一望，腰板直了，裤裆都撑起来了。"妙啊，这办法真妙。"谋士就道出其中奥妙：洛阳黄巾，黄巾洛阳。董卓哈哈大笑，就让筑高台，登高望京都。京都确实是一帖良药。当然这有点欺软怕硬的味道。董卓说：其他实力派肯定也为黄巾噩梦所困扰，他们会不会想到洛阳呢？谋士说：大家做同样一个梦，医治良药不言而喻。董卓喃喃自语：黄巾太可怕了，他们都死了，还叫人不得安宁。谋士说：主公就多想不可怕的事情。最不可怕就是朝廷了。董卓先生不满足用眼睛看，他要去那地方，他对手下人说："你们最近睡得怎么样？"大家异口同声说都在做噩梦，兵营里鬼哭狼嚎，阴森森的。董卓说："我也做噩梦，好像还在打仗。"将军跟谋士不一样。将军们跟黄巾拼杀了好多年，一提黄巾就心惊肉跳。董卓马鞭子朝东方一指："我领你们到洛阳去，到那里，黄巾的鬼魂就不缠我们了。"

全军上下望洛阳，一望胆子就壮了。兵营里嗡嗡嗡一个声音，那就是去洛阳去洛阳。

心诚则灵。大将军何进要灭太监，手中无兵，便求西凉董卓进京清君侧。董卓数十万精兵猛将如决堤洪水，一路呼啸卷入洛阳。没球的太监被杀了个精光。京城里全是有球的西凉兵。个个人高马大，虎背熊腰，凶神恶煞一般，弄得人惶惶不安。这是大臣们没有想到的，也是皇帝没有想到的。

本来谋划好的，入京之后，以实力左右朝廷，然后借朝廷空名平天下。坏就坏在皇宫让太监把持太久了，阴气太浓，突然闯进一员肥实的武将，就容易出乱子。太监把持朝政的时候，是跪着的，没有伤皇帝的面子。董卓不是太监，他强烈地感觉到他比太监多了一样东西。那东西就硬起来了。董卓由不得自己，他完全由着那硬起来的东西，穿过龙椅穿过金銮殿，直达后宫。淫乱的故事就这样开始了。我们没有必要讲述细节。

这显然不合乎他们的计划。按照谋士们的计划，不能给人以口实。董卓不在乎，而且理由很充足："左右皇上，先左右他的女人。"这些理由显然是他在淫乱中体会出来的。他直言不讳："那些女人个个天生丽质，旷得太久，太久也不是个事儿。"大家想想也对，总不能让其他人去干那事吧。大家想通了就好。董卓很高兴，董卓说："咱们来京城是干什么的？是填空的哪里有空咱就往哪里冲。"

接着是那些大臣。喋喋不休，从不放过发言的机会。每次开会，拍板的肯定是董卓董太师。按惯例，大臣们要议一议，这些大臣就给脸上脸，逮住机会狠谈，弄得董卓心烦。

回到府中董卓就大骂，谋士们劝也不顶用。得想个办法让大臣们明白，他们的脑袋是样子货，是个摆设；他们的脑袋不如一个尿罐，尿罐还可以装尿，他们的脑袋里空荡荡的，就像太监的裤裆。董卓先生骂得有理有节，谋士们也不好说什么。

董卓先生再也不讲客套了，他的话就是圣旨，他绝不给大臣们唠叨的机会，每办一件事，他只给皇上打个招呼，秉笔大臣拟旨，掌玺大臣盖印，其他大臣全被晾在一边，董大人连他们看都不看。这是很伤面子的事情，有些大臣就不服，就要争这个面子。这个大臣就站起来，说些出格的话。这都在董太师的意料之中，董太师大手一挥，过来两个武士就把这个大臣架出去，让脑袋挪个地方。武士把那颗脑袋盛在木盘里端上来，让太师过目。太师让皇上过目："不是我董某心狠，是他的脑袋太空，里边空荡荡的啥都没有。"皇上有些发抖，不过皇上确实看清楚了，该大臣的脑袋是空的。皇上都说了："他是空的。"声音不大，大家都听清了。董太师摆摆手，武士退下，外边哗啦响了一下，像摔碎一个陶罐。

董太师慢慢走过来，很仔细地看这些大臣，看他们迷惘的眼睛，看他们薄薄的乖嘴唇，看得他们面色发灰，心里发虚，骨头发抖。董太师说："你们都是尿罐。"大家就不说话了。大家本来是朝廷里的摆设，十常侍的时候他们就成了摆设。包括皇帝，皇帝也是个大摆设。董卓狠是狠，董卓让大家明白了这个道理。这总是好的。

大臣们回到府上，那个难受啊：他们是尿罐，可他们让人家说出来了，谁也受不了这个。

那个叫王允的大臣就受不了这个。但王允很明智，王允认了，知道自己是空的。他培养的女间谍貂蝉也空有一身好肉。主奴两个想了一夜，也只想出一个办法：借人。也就是借个脑袋替咱们办事。当然最好是借董太师的人。他们就借吕布。貂蝉出面，很顺利就把吕布借来了。就是那个老掉牙的故事：连环计，凤仪亭，点天灯。

这些计谋开始运作的同时，天下的诸侯也都反了。大家信奉的原则还是：谁当英雄就打谁。越打自己越肥，朝廷越苍白。远在董卓入京的时候，各路诸侯就盯着。董卓专权，大家就视他为黄巾第二。

董卓确实有篡位的打算，大家都有这个打算。大家恨董卓，是因为董卓太幸运了。人人都想成为幸运的人。在幸运儿未诞生前，大家都互相提防。董卓入京，大家就看他怎样做。最初的几步棋对路子。后来就不行了，皇上是空的，大臣是空的，整个朝廷是个大摆设，摆设就应该让它再摆下去，董卓把摆设全取了。大家就逮这个机会，纠集人马浩浩荡荡杀过来。这就是有名的十七路诸侯伐董卓。这是斩黄巾以后最大的一场战争，规模远在黄巾之上。伐董卓的战争就很复杂。幸亏王允和貂蝉借了吕布，吕布反戈，总算把董卓灭了。

吕布没有称王称霸的打算，他的江山就是貂蝉。

天下诸侯恨吕布完全是出于男人的本性，吕布那杆戟可怕不可恨，吕布那匹马可慕不可妒，而吕布身边的貂蝉既可恨又可妒。那种遗憾是很伤人心的，后来先主娶了孙权的老妹孙尚香，也不觉其香，我猜想他那有名的女人如衣服理论是一句气话，是吃不到葡萄之举。男人的忌妒是很可怕的，剿吕布的战争中先主刘备是个急先锋，吕布被俘后也是先主一句话置吕布于死地。

传说中，貂蝉羡慕关羽的英名，如同她心仪吕布一样，月夜去投关羽。貂蝉认的是死理，美人英雄，英雄也一定美人；貂蝉就认关羽这个新英雄，因为赤兔马也归关羽了，赤兔马是她貂蝉的搭档。关羽不愧为刘备的把兄弟，心气是一样的，在皎洁的月光下一刀把美人给劈了。关羽大概想起了吕布，关羽单斗是打不过吕布的，这谁都知道。跟女人上床可跟打仗不一样，打仗可以合伙对付一个，睡女人不能刘、关、张一齐上。关羽就有点怵，这谁都知道，艺不如人，即使上床，也很难达到吕布的水准。吕布与貂蝉那是何等的风光，戏文里是这样唱的：

俏貂蝉昨夜你三盏美酒醉入仙国，

吕布我抄起鹅头杖五更夜凫过了玉水河，

河宽水深星月水中抖，

见貂蝉的一对玉葫芦起起伏伏哆里哆嗦。

戏文里就是这样唱的，关羽受不了这个，他就把貂蝉杀了。好长时间，他对漂亮女人都心存芥蒂。千里走单骑，不欺嫂，是因为他怵女人，结果落了个义气的美名，这是后话。当是时也，大军云集京都，吕布与貂蝉，还有那匹神骏，一下子把大家给震了。多少壮士命归黄泉，都是为了这个漂亮女人。客观地讲，董卓先生在江山美人上拎不清，搞江山是他的强项，搞美人就不行了。不单董卓，大家都不行，只有吕布行。吕布挽着貂蝉从大家跟前走过去的时候，大家就明白自己是几斤几两。伐董卓说穿了就是为的这个女人。貂蝉的美艳令人难以忘怀，大家浮想联翩，只有阿斗我的想像最真实，阿斗跟吕布一样是我们时代少有的好色之徒。

现在我们看到的是天地宇宙最绝妙的景观，吕布与貂蝉。

诸侯们默立两旁。

数十万将士默立旷野。

金戈铁马兀自闪亮。

旌旗号角悄然无语。

大家怵吕布的骁勇，都回去了。就剩下曹操和先主刘备。曹操欲霸天下，必除吕布。先主打吕布纯属个人隐秘。先主就跟曹操合兵一处，夹击吕布。战争异常酷烈，曹操差点丧命。他们选在吕布疲乏的时候发动突然袭击。吕布打仗也不忘美人，打得再苦，也不能苦了美人。白天披挂上阵拼杀，晚上几房夫人加上貂蝉绝不含糊，就像个农民，把他的这几亩地耕得又匀又细。吕布反复无常是顶有名的。拜丁原为义父杀丁原，拜董卓为义父杀董卓，这大概也是他讨女人欢心的原因之一吧，女人喜欢变化，喜欢花样翻新，吕布不但英武，而且性格也对女人的口味，他就败在这一点上。他的部下如法炮制，在他酣睡的时候把他捆起来献给曹操。他们都是吕布的部将，跟随吕布征战多年，他们知道吕布是无敌的。吕布有画戟赤兔马，无人能近他，近他的只能是如花似玉的美人。四面楚歌，曹操的大军轮番攻城。吕布整日与貂蝉饮酒作乐，画戟搁在一旁，赤兔马冷落马厩。部将反叛前，先盗走赤兔马，接着趁吕布困倦沉睡，偷偷捆住吕布手脚，将画戟抢去，掷到城下，大呼："吕布被绑起来啦。"画戟丁当落地，赤兔马也被牵到曹操大营。

　　曹军冲入城中时，吕布缩在绳索中。曹操说："奉先啊，你不该丢下画戟与赤兔马，人马分离你自己把自己给灭了。"吕布想活命，想回到画戟与骏马中，曹操是爱惜英雄的，画戟、吕布、赤兔马三位一体那是何等的威风，那是男儿向往的一种境界，不由人不热血奔涌。曹操将着长髯已经心动了，不料我父刘备轻轻地道出那句有名的杀人不见血的话，提醒曹操非杀吕布不可，否则你就会沦为丁原董卓第二。曹操杀心顿起，叫兵士勒毙吕布。

　　接下来就是分享英雄，吕布的人马全归曹操，其中就有张辽，张辽后来成为名震天下的勇将。先主趁机劝曹操收吕布的妻妾，还有赤兔马。曹操已经镇定下来了。镇定下来的曹操是不容易上当的。因为他跟先主刘备一样，知道时代的风尚，即谁当英雄谁倒霉。他听了先主的话便意味深长地看先主一眼，他告诉先主：我曹孟德很好色，可我不喜欢貂蝉；我也爱骏马，可我骑不了赤兔马。貂蝉和赤兔马跟镇国玉玺一样重要，我们都不配享用，我们就把它们保存起来吧。

　　曹操在等待英雄，吕布那样的勇士一时半会儿不会出现，至少目前还没有。

　　大军凯旋回师许都。剿灭吕布，天下震惊。人们视曹操为英雄，曹操很不安，人们对他的欢呼跟刀子一样弄得他心惊肉跳。他就叫先主刘备到府上来饮酒，就是有名的青梅煮酒论英雄。曹操完全是让先主来陪绑的，宾主一见面，曹操就叫苦连天："他们都叫我英雄，你看怎么办？"

　　"丞相当之无愧。"

　　"玄德你也蒙我，你明明知道英雄是何物！英雄死无葬身之地呀。"

　　"那我们就不谈英雄，我们喝酒。"

　　"对，对，喝酒。"

　　酒酣之后，曹操就说了大实话："咱们俩一起当英雄吧。"

　　先主手中的筷子掉到地上，正好响雷，先主就把他的浩然之气掩饰过去了。

　　曹操就认定普天之下，惟我与玄德。

　　先主惊慌万分。好多年以后他告诉我：千万不要让人窥破你的隐秘。先主给我描绘他当时的感受：就像被人剥光衣服，赤条条地走路。我告诉他：招兵买马拥兵自重不就是干这个的吗？先主目瞪口呆。我说：英雄是个梦幻，谁也不相信这个梦幻会落到自己头上。

　　剿灭吕布那年，英雄的光环显然降临到他们头上。他们心怀鬼胎，惊慌万分。先是借酒壮胆，酒不足以宽慰心怀。他们不约而同地骗对方。那办法就是弄拙。

　　先主的拙法便是种菜。自己挖地捣土浇水施肥，绝不让别人插手，张飞看得心急，要叫几个军汉来干。关羽看出了名堂，给张飞耳语，张飞直翻牛眼睛，先主怕三弟坏他的大事，先主猛烈地咳嗽几下，关羽说：三弟，大哥这是在打江山。张飞懵懵懂懂，复杂的事情他弄不懂，就不弄。

　　先主还真像那么一回事，菜畦绿油油的，叶子又肥又大，这些叶子好像伞一样，把泥土遮盖住了，先主很满意。他卖过鞋织过席，既是手艺人又是买卖人。他既懂蔬菜的心理又能把它们侍弄好。有些菜要搭架子，比如黄瓜、豆角，先主就砍些树枝，削得光光溜溜整整齐齐，插在地里用麻丝扎牢，藤蔓很快就爬上架子，吐出一朵朵嫩黄的花。先主不再舞剑，不再纵马疾驰，也不再穿铠甲戴头盔。先主手上沾了泥巴起了茧子，身上全是汗臭。人们打菜园前走过，不禁摇头叹息，他们从刘备身上再也看不出丝毫的英雄气息。先主肯定听到了这些议论，先主专心于蔬菜，用后脑勺观察众人的声色。有些人甚至当面指责先主：玩物丧志。那些人都曾对先主寄以厚望。关羽忍不住问先主：人心所向，大哥不要冷众人的心。先主淡淡地说：人心是最可怕的，那么多心加起来关注我，我会死无葬身之地。关羽气极："大哥是不是惧怕曹操？"张飞也大叫："曹操是在磨你的棱角，把你磨光了才罢休。"先主还是淡淡一笑："他真磨我的棱角，我巴不得呢。"关张就嚷嚷着要去收拾曹操。先主告诉他们：曹操跟我刘备一样，也在折磨自己。关、张面面相觑：曹操怕谁呢？先主说：怕命，人命中注定当不了英雄。当英雄是顶顶倒霉的事情。关、张叫起来：这么玄啊。张飞还来了一句：怪不得叫你玄德呢，大哥你天生是弄玄的。先主说：曹操也一样。张飞就不高兴：你总提曹操，曹操怎么能跟你相比，你是汉室宗亲，他是太监的义子义孙。先主说：他也是一德，我玄德，他孟德。张飞就猛问：玄好还是孟好？先主不吭气，关羽沉着脸。张飞一直弄不明白玄、孟的含义。弄不明白他就不弄，他心里不记事，睡一觉就忘个干干净净。关羽是读《春秋》的人，玄孟之差他不会不知道，玄而又玄，便是空空如也，而孟是充实。玄孟相加便是虚实相间。关羽吓出一身冷汗。三弟张飞睡得很踏实，他有点羡慕张飞。人太明白不好，特别是命这种东西，越清楚越可怕。关羽很早就把这些事弄清楚了。虚虚实实真真假假，他的大半生全都徘徊在刘备与曹操之间，刘备视他为兄弟，曹操视他为盖世英雄，爱护有加。后来赤兔马落到他手里，貂蝉也心慕他，视他为吕布再生，他只接骏马，不接受美人，也不接受吕布那一套处世原则。他恪守信义，义薄云天。即使这样，他还是在曹营待了很辉煌的一段时间。这是后话。

曹操也在弄拙。刘备种菜成为热点话题，曹操是不会种菜的，下地干农活他没想过；他颁布过《屯田令》，但他自己不种田。他很欣赏刘备的机警，在大家看来，刘皇叔是响应丞相的《屯田令》自力更生，种蔬菜，无可挑剔呀。曹操自煮酒论英雄以后，就着手弄拙，给世人看看他也是胸无大志的人；带兵打仗当丞相只是混碗饭吃，只是在乱世中活命而已。他曾动过放牧的心思。刘备种菜他放牧，弄几头牛或羊，换件破皮袄逡巡于旷野。他已经拿上牧鞭了，正是这鞭子绝了他放牧的念头。他要弄拙，但他绝不重复自己。少年时代他即以顽皮出名，最出名的莫过于喂狗，几百只狗训练有素，治国平天下的窍门就是这样领悟出来的，他就没必要去驯牛驯羊。他就弄诗歌，一整就是好几十首。当时许昌聚集着天下最有才华的文人学士，皆以诗赋名扬天下，诗人们把曹丞相的"丧志"之作视为至宝，竞相传诵。曹操不由一愣，大家绝不是巴结他，他惊讶万分："曹某只想弄拙。"大家异口同声认定这就是拙，至高至美的诗就是拙。曹操反而糊涂了。这就是历史上有名的曹孟德弄拙成巧的故事。这是他没有想到的。

他更没想到的是他的两个儿子会成为文学家。曹丕诗文俱佳以评品人物的《典论·论文》著称。在他眼里尘世的帝王与权势都不及文学的精神，尘世的一切都是过眼烟云，惟文学的精神永垂不朽，而人的可贵就在于可以追求这种高贵的精神。那篇有名的《洛神赋》就是写美人甄氏的。甄氏原是袁绍的儿媳，曹操剿灭袁绍，甄氏落入曹丕之手；曹植则心仪如狂，被贬出京时，在洛阳的郊外写下不朽的《洛神赋》。后来我在成都读此文，"罗袜生尘"句不禁使我泪如雨下。很客观地讲，甄氏的仪容比貂蝉差远了，比大乔二乔甚至我宠幸过的那些美妞也要差一些。曹植竟然写下这等文字，真是甄氏的大幸。美人迟暮那是最残酷的事情。

让美人青春永驻者，只有诗人的语言。相比之下，吕布的勇武又算得了什么。我是热爱女人的，我既无吕布之勇，又无孔明之谋，更无曹丕曹植的如椽大笔。我只是个旁观者欣赏者，我仅仅只有那么一丁点趣味。

当是时也，我父刘备挑着粪桶，出入于茅厕间，轰开蚊蝇，掏屎疙瘩，蔬菜要长好，还非得这东西不可。我父刘备身上臭烘烘的，可他心里很甜，他的菜长势喜人。一天，曹操突然转到菜园子里，连曹操也感到吃惊：刘皇叔种这么好的菜，皇室都能种地也合乎天道。我父蒙了，曹操爱开玩笑，我父却没把这话当玩笑。所谓一语成谶，汉室真要败落了？如果汉室失天道，那么他的举动无疑是天道的一个机会，他把皇室的衰败明白无误地演示出来了。先主沮丧万分。万般皆下品，惟有读书高。什么事不能干，却来种菜。先主脸都气白了。曹操说："玄德公，种地很累人的，叫军士做嘛，怎么能自己动手呢？""我自己会做，我也做惯了。"先主吓坏了，说出的话都不是自己的，他眼睁睁看着嘴巴一张一合抖落出一种陌生的语言，他管不住他的嘴，又不能让臭嘴闭上。曹操对他的窘态不感兴趣，曹操对他的话感兴趣，曹操就盯着他的嘴巴，曹操不看他人，曹操说："你一直种地来着？"

"我种地，也做小生意。"

"你做得对做得好哇，玄德公，我要把这些消息告诉皇上。"

"你给皇上说这些干什么？"

"让皇上明白，汉室早该去务农桑做小买卖了，献帝献帝关键在献嘛。"

"我是生活所迫呀，我不是故意的。"

"不是故意的才有意思。"

先主的舌头转不动了，先主的舌头也感到不对头，它和主人分离了那么一会儿，它毕竟是主人的嘛，它又回到主人的身上。

曹操已经很满意了："感谢你的舌头，你有这么一个好舌头是你的福气呀。"

"它给你说了什么？"

"你不该这么问我啊玄德公，它是你的呀。"

我父刘备恨不能把舌头拔掉。

曹操笑笑："你是个英雄，这一点我毫不怀疑。"

"你在嘲笑我。"

"我说你是英雄不是因为你打的那些仗，也不是因为你有关羽张飞，是因为你种地，要是汉室所有的人都跟你一样肯种地，天下也就太平了。"

"我不明白你的意思。"

"那你一定听过别人怎么骂我，他们骂的都对，我父给太监当义子，我改姓曹，这种出身很不光彩，现在就是我们这些不光彩的人在打天下。"

4

我父刘备大张着嘴巴，他知道他瞒得了天下所有的人却瞒不过曹操。

我父刘备瞅个机会，带上本部人马速速离开曹操。

曹操就笑："玄德公太没气量了，我把他当英雄他还这么不信任我。"

曹操的大军开始北伐。进攻的对象是拥兵数十万、兵强马壮占地千里的袁绍。

有名的官渡之战，曹操一把大火烧垮了袁绍。曹操的大军攻占河北全境，袁绍吐血而死，两个儿子互相征战不休，也被曹操消灭。大军攻入袁府，北方美人甄氏出现在众人面前。首先被震撼的是随军出征的曹丕，这位视文学为不朽之盛事的公子，终于给他的文学之梦找到了最完美的形式——女性，少妇甄氏正是诗歌中所歌唱的北方佳人。

曹操走入袁府时，儿子曹丕已经说不出话，曹丕只能用手指着甄氏，曹操默认了儿子的要求。他的另一个儿子曹植，后来见到新嫂子，也是如五雷轰顶一般，热血奔涌，凝结成一大批诗赋佳构，气韵之生动远在其兄之上。

后来曹操修建铜雀台，据说是为江南美人大乔小乔建造的。

土城战役，关羽降曹。曹操视关羽为吕布再世，上马金下马银，三日一小宴五日一大宴，将封存已久的赤兔马画戟与貂蝉统统送给关羽，曹丞相要对关羽重新包装。

曹操总是在关羽跟前强调他们的缘分，弄得关羽很烦。他明明与刘备投缘，他们桃园三结义了嘛，大家都知道。可大家也知道他首次立功受奖是曹操争取的，曹操在袁绍跟前求情，破格使用弓马手关羽，以将军军衔代表十七路诸侯与董卓大军对阵，曹操亲自温了酒。这是他第一次在群雄面前露面，他干得很漂亮，董卓的大将华雄，勇不可挡，连劈联军数员大将，他关羽上去一个回合就把华雄斩了，回来时曹操给他的酒还温着。这就是有名的关羽温酒斩华雄。这是他的成名作，以此而闻名天下。也就是说，关羽为世人所知，不是从拜把兄弟刘备那里起步，而是曹操慧眼识英雄，力排众议的结果。他与曹操的缘分完全是英雄行为，曹操也很看重这点。关羽在曹营迎来了他一生最辉煌的时期。手中青龙刀胯下赤兔马，斩颜良劈文丑，袁氏大军闻风丧胆，那是关羽最得意的时候。

我一直猜想关羽离开曹营的原因，我问过父亲，父亲说关羽义气，千里走单骑护嫂寻兄，义薄云天。我不怎么信这话，我是傻瓜，傻瓜就有傻想法。我问父亲：你能给关羽什么？我父大叫：我给的是兄弟的情谊。我就傻笑：那是狗屁，是空的。我理所当然挨了父亲一嘴巴子。我的臭嘴是闭上了，可我的心闭不住。我的傻脑瓜子充满各种奇奇怪怪的想法，不由得我不想。

好多事情是我演义出来的，在我演义的故事里，关羽与貂蝉应该有那么一段。

曹操有意识地把关羽塑造成吕布的形象，当然不是吕布的反复无常，曹操看重的是吕布之勇，吕布几次差点要他的老命，画戟给他的印象太深刻了。他有必要培养出一个高于吕布的战将，他是不惜一切代价的。他把貂蝉唤到帐前，告诉这美妇人："你的身上奔流着吕布的血液，应该让它源源不断地流下去。"

　　貂蝉的脸腾一下红了。

　　曹操唤关羽上前："这是我的爱将关羽，武功盖世，仪表堂堂，不比你那位吕布差，老夫做主，你就待奉关羽吧。"

　　又一个英雄美人。

　　曹操率先称快，众人全都开怀大笑。没有妒忌，只是羡慕与赞叹。

　　貂蝉是满心欢喜，关羽名震华夏，魁梧高大，枣红脸丹凤眼卧蚕眉，口碑又好，天下女子没有不心动的，何况她这样的美妇人。

　　在我演义的故事里，关羽也是满心欢喜，赤兔马都骑上了，貂蝉赤兔是紧密相连的。赤兔马那种感觉让人目眩，那种气势那种速度，可以说没有此马也就没有那些辉煌的战绩。关羽相信貂蝉绝不在赤兔马之下。

　　他们过了一段好日子，很短暂，不久就发生了凶杀案，关羽把貂蝉给劈了。杀个把女人谁也不当回事，曹操也不好过问。大家顶多议论议论，公认的原因是吕布下场不好，关羽为了避祸杀了貂蝉，大家都理解关羽。

　　接着关羽就出走了，公开的说法是寻找兄长。我是傻瓜阿斗，傻瓜惟一的长处就是不买公众的账。

　　在我演义的故事里，关羽与貂蝉过了一段好日子。好景不长，关羽很快在貂蝉身上感觉到吕布的存在。起先他骂：你这小贱人还想前夫。貂蝉是二手货，理亏，只好不吭声。关羽骂归骂，晚上还得回到貂蝉床上，貂蝉的身子还是很迷人的。戏文里唱了嘛：貂蝉那对玉葫芦颤颤巍巍哆里哆嗦，貂蝉就给关羽颤抖哆嗦。刚开始还真把关羽给蒙住了，以为自己强悍，自己行，男女那种事，女的闹得越凶，男人越自豪，总觉得自己把鼓敲响了。我阿斗是傻瓜，关羽绝不是傻瓜，蒙不了多久，关羽就识破了：你别给我装蒜了，装都装不像。貂蝉就感到委屈，就呜呜地哭。关羽就烦，一烦就揭女人的伤疤：又想你的前夫，你这贱货。

我就是贱货。

哟嗬，自己承认了。认了也好，吕布什么东西，三姓家奴。

他不是我的前夫。

你说的是董卓，董卓也是一夫。

你又错了，我最早侍奉的是王司徒。你不要瞪眼睛，你说我贱，我就贱个明白。王司徒是我养父，他养我就是奇货可居，我们之间就那么回事。他是个文官，不及董卓雄壮，董卓又不及吕布英武。

吕布是你心目中的英雄喽？

的确如此。

怪不得你在我跟前装蒜。我来问你，我与吕布谁厉害？

你最好不要问这个。

我问的就是这个。

那你会伤心的。

关羽"啊呀"大叫一声，就把青龙刀掂在手里，并且在空中劈了一下，像在劈吕布的鬼魂。貂蝉冷笑：你打不过他，没人能敌过他，他只能遭人暗算，画戟赤兔与他分离，他们才能近他杀他。关羽又"啊呀"一声，在空中猛劈一下。貂蝉知道要发生什么事。貂蝉穿戴整齐，站在营帐里，冷笑看着狂怒的关羽。关羽哼哼着问她："小贱人你还护着那个三姓家奴。"

"将军不要伤人。"

"三姓家奴三姓家奴就是三姓家奴。"

"将军不也是三姓家奴吗？将军本姓关，事刘姓，又事曹姓，只是吕布太直，不会绕圈子，落了一世骂名；将军易主，不但无人咒骂，而且美名远扬，我貂蝉就骂你一回，你记住，我是第一个骂你三姓家奴的人。"

关羽张了几次嘴，都没有啊呀出来，将军那把刀呼呼舞起来，差不多舞了几十个回合，边舞边拿眼睛看，貂蝉面无惧色，眼睛里全是轻蔑，关羽的脸都气歪了，朝那高傲而美丽的影子连劈数下，才把这臭娘儿们劈倒。血溅一地一墙，都没有一滴落到关羽身上，刀刃上也没有。

关羽沮丧。

关羽沉默了很久，带上嫂子悄悄离开曹营。

他的好朋友、曹操帐下大将张辽劝他不要走："你的好运都在曹丞相处，你何必跟命运过不去。"张辽不知道关羽与貂蝉的秘密。那种心灵的挫折是很难受的。

他的武运确如张辽所言，离开曹操，武运就不振。有名的赤壁大战，他在华容道上吓了一下曹操，跟个稻草人似的。镇守荆州，刚有起色，却把命搭上了。

据我所知，他回到我父刘备身边之后，娶了一个很贤惠又很平常的妇人做妻子，夫妻很和谐。他方知他是个很一般的人，像貂蝉那样的绝代美人，他是驾驭不了的。这个发现使他心平气和，平和之后，他再也辉煌不起来了。他甚至对赤兔马都丧失了信心，那是一匹神骏，需要永恒的骑手，关羽显然有些力不从心。从马的筋肉与骨头里他可以感觉到，马对它的旧主人是满意的，对关羽则很勉强。然而马是高贵的，关羽不能像对待貂蝉那样对待一匹马。

在回归蜀汉以后的日子里，他感到失落，他也明白了吕布为什么那么善变那么好斗；吕布是一个优秀的骑手，好骑手与马是一体的，那就是不断地投入战斗。关羽在曹操手下可以做到这一点的，征袁绍的战争中，他出尽风头。他便产生幻觉，似乎他的刘皇叔也能鼓起他的武运。他归皇叔不久，曹操的大军就杀过来了。我的母亲死在那场战争中。据我们蜀国的历史记载，我们胜仗不断，涌现出许多英雄，比如张飞当阳桥一声吼、赵子龙长坂坡救我阿斗，我们的溃败就这样被掩饰过去了。应当承认，孔明是善于做宣传工作的，仗刚一打响，我们这边就捷报频传。大家都沉浸在喜庆中，虽然败得很惨，但败的这一部分将士都相信我军在另外的战场上大获全胜。不管怎么败，起码在感觉上是赢家。

曹操打败我父刘备，兵临长江，大家都感到很棘手。曹操不是董卓，曹操以汉丞相自称，他不称王，他只做不说。大家只等他行黄巾、董卓事，就可以联盟伐曹。曹操当年组织过伐董卓的军事行动，他悄悄地脚踏实地地擒吕布、灭袁绍、剿袁术、击败刘备，长江以北全落到他手中。他依然是汉丞相，他很谦虚地邀孙权会猎吴中。

他在许昌修好了铜雀台，以待江南绝代佳人大乔小乔；我们的军师孔明先生过江东，舌战群儒，孔明先生把《铜雀赋》背诵一遍，孙权周瑜就不好意思了，他们不能眼睁睁看着让人家抢媳妇，他们的火一下子就上来了。赤壁大火最先是从男人的妒忌心燃起的。后来，曹操如法炮制，让东吴、蜀汉斗法，又燃起一把大火，蜀国的七十万大军和我父刘备全都毁灭了。

我是阿斗，阿斗是个傻瓜。我这样傻的人却要给我的时代记录一些故事，这本身是很可笑的事情。反正我无事可做，我基本上是一个闲人。你们肯定知道，闲人总爱惹是生非，这是没办法的事情。我对称王称霸不感兴趣，我又不能像建安七子竹林七贤以及曹丕曹植那样沉浸于艺术，即使玩女人，女人也只能毁于我手。我惟一的长处就是傻，发傻，说些傻话。我的好多傻话是被俘后跟司马昭说的。他老先生显然被我打动了，放弃了做皇帝的打算，这就很好嘛。你们一定奇怪我这样的人如何使奸诈的司马昭改变初衷，我可以满足你们的好奇心：那就是我们这个时代不是什么英雄时代，所谓英雄都是一些莫名其妙的替罪羊。

我告诉司马昭：你老先生的使命就是剿灭最后一批狂热的英雄主义者。我给他点出邓艾、钟会。二士争功，在灭蜀的同时，他们自己也灭了。邓艾、钟会以后，天下不会再有谁逞能。司马昭沉默不语。我说：马超如何？马超差点打败曹操，投蜀汉后，我父刘备把他安置在崇山峻岭中，他的马只能啃石头。

司马昭说："你是不是对你爸也这样说话？"

"比这还多。"

"你爸容你？"

"他有好几个儿子，他却立我为太子，这说明什么？"

司马昭眼睛里全是迷惘。

我就告诉他："我是皇帝，你俘获的是一个真正的战利品。"

"这究竟是怎么回事？"

"你们大家都忙成一团，就我一个闲人，闲人有的是时间，可以考虑好多问题。"

司马昭叹道："你这傻瓜，你日日不息向你父唠叨你那一套，动摇了他的雄心壮志。"

"不是我动摇他。"

"你又有什么鬼点子？"

"我是他儿子，有其父必有其子。"

"那你说说我们司马家族。"

我记得在我的故事里我曾讲过我父亲刘备，他在曹营种菜，后又出逃，曹操为此感叹。我就旧话重提，曹操之所以不急于进攻我父亲，因为他发现刘皇叔是假的，刘皇叔跟他曹孟德一样出身低贱，而低贱的人在乱世中往往能成气候。他便把最厉害的对手放在最后。他首先向大家族开刀，首先进攻袁氏兄弟，袁氏是汉室重臣，世代为公侯，不堪一击；接着移兵江南，孙氏兄弟小吏出身，也不足以称雄。

我的话已经说到这个份上了，你应该明白了吧。

你再说清楚一点。

司马家族代魏是必然的，因为英雄时代只是个梦幻，斩黄巾伐董卓擒吕布，最后是曹操家族，肢解曹氏者非司马家族不可。

为什么？

因为你们是大家族，是世族。

司马昭的目光落在我脸上，我那张脸是很有意思的，要看你就看吧，该说的我都说了。我一脸傻相，再奸邪的人面对傻瓜也无可奈何。

第 四 部

　　我的故事传遍了石头河两岸，顺着斜峪关传播到群山腹地，打柴的、挖药的、割漆的，他们喜欢阿斗的故事。山脚下的农民也喜欢。不管怎么说，封地上的百姓安下心了，尤其是我带来的人，不再指望阿斗东山再起，他们明白了，阿斗能活着就不错了，就已经是个奇迹。他们的心慢慢地收回来。我也一样，我滔滔不绝地编故事，也是一种自我解脱。我彻底放松了，山高皇帝远，我不用担惊受怕，不用提防什么，我美美地喝了一顿当地百姓私酿的米酒，睡了一觉。醒来第一感觉就跟换了一个人似的，就像重新来到了人间。山风吹开了窗户，悄悄一个人出去了。

　　出现在野外地头的阿斗活脱脱一乡间小地主。阿斗让清风吹着，阿斗越走越远，阿斗离开了村庄，离开了大道，阿斗身不由己让那些弯来弯去的小路拐走了，拐到河滩上去了。石头河之所以叫石头河，是因为河床太宽，河水乱窜，形不成一股洪流，完全是一群游兵散勇，摆脱不了山溪的野性，可笑的是连河岸也没有，向两边自然延伸，实在伸不过去，土地一点一点出现了，也是很模糊的。阿斗平生第一次走进了野地。阿斗真有点认不出自己了。阿斗就像在讲述另外一个人，真实的阿斗在大地上行走，阿斗都意识不到。阿斗自己呼喊着自己。阿斗不相信自己的眼睛。阿斗看见一片竹林，阿斗一定要用手摸，才能得到证实。

　　一片片竹林散布在野地里，每片竹林里都有一户人家，草房子矮矮的，掩在竹林深处，有鸡跑出来才知道里边有人家。大多人家散布在竹林里，很难找到村庄。阿斗居住的那个村子，大概是这里惟一一个人烟稠密的地方了，几十户人家的草房子连在一起，已经相当繁华了。阿斗真想住在竹林里，阿斗知道这是不现实的，阿斗还是进了一家竹林子。人家就把他当贵客，也不打听客从何处来，就给他做螃蟹做黄鳝，连门都不用出，竹林里溪水汩汩流淌，从屋子旁边流过。那个农妇蹲在水边一口气抓了十几条黄鳝，男人用刀子挑，一挑一扔全扔锅里了，锅台就在窗户外边屋檐底下。螃蟹闻到香味，从竹林里爬出来，农妇蹲在地上，过来一个抓一个，抓了一筐，在溪水里冲一冲，提到灶台上，黄鳝出锅。螃蟹下锅。还有螃蟹爬过来，一直爬到灶台上，农妇顺手就把它们扔进锅里。

阿斗坐在炕席上，男人陪着他说话。窗外的奇景看得清清楚楚，有生以来哪吃过这么鲜的东西呀。吃饱喝足，阿斗如在梦中，到窗外离灶台五六步远的溪水边，看那些游来游去的黄鳝和爬来爬去的螃蟹。黄鳝长粗了，螃蟹长肥了，就很自觉地爬上灶台变成盘中餐。阿斗挺直腰，摸摸肚子，那些黄鳝螃蟹好像还活着。肯定活着嘛，我阿斗活着它们就会活着。我要好好活着，阿斗我要去谢谢人家。两口子一脸茫然，反倒把阿斗我搞得不好意思了，人家不明白我在说什么，人家低下头干活，编竹筐，不理我。我吃得很好很舒服，我得回去了。

不可能原路返回，根本就没有路，细细弯弯的小路和细细弯弯的流水绕在一起，星星点点的竹林把它们隔开。我的宅子老远就能看见，黑乎乎的。我手下那帮人急坏了，到处找我，乱喊乱叫，叫皇上的，叫陛下的，叫殿下的，随他们叫去。叫不到阿斗我是不会应声的。

我听见二胡声支支吾吾传过来。我寻着音乐走过去。我看见一个老汉坐在石头上，膝盖上蹲着一把二胡，手腕随着流水的响动而动，闭着眼睛，神游天外。渔网也不大，就口袋那么大，撑在溪水拐弯的地方，鱼好像长了耳朵，全被二胡的曲子引过来了，钻进网兜，都满了，大鱼挤小鱼，小鱼全被淘汰了，剩下最后三条两尺长的白条子，心满意足地待在网兜里。这么和谐的一幅天籁画景。我远远地看着，傻瓜才会打破这种氛围。阿斗的脑壳子里竟然冒出傻瓜这个词，阿斗在这种环境里是不傻的。我就想起了相父孔明，相父孔明最初不就是南阳的农民吗，略有田产，多悠闲的田园生活。他南征北战，最后一次战役就发生在附近的上方谷，他再也没有力气打败司马懿了，他就使出平生的计谋，在上方谷火烧司马父子，一场大雨救了司马懿也浇灭了相父孔明的希望之火。我怀疑相父没有在这里停留，他连这里的竹林都没有发现，更不要说吃美味的黄鳝和螃蟹了，这都是四川才有的美味呀。

从这里往西看，隐隐约约可以看见五丈原，从秦岭向北突出的一道高数十丈，长十几里的土塬，南依高山，北临渭河，天然的一道军事要塞，在四川可以说妇幼皆知。据说相父在五丈原上屯田种粮，以补养军队。以相父的精明，他不会不注意在五丈原的东边，斜峪关出口的河滩地带有这么一个美妙的地方，跟成都平原如此相像。可以猜想，蜀军在中原吃到鳝鱼和螃蟹会发生什么情况。张良当年一首江东的乐曲乱了项羽的大营，家乡饭比家乡曲子更有诱惑力。近在咫尺，相父孔明还牢牢地掌握着军队，那该有多么严酷的军纪。怪不得军中五十军棍的处罚相父孔明都要亲自签发核实，自己累得吐血。另一种可能就是，士兵们已经破了戒律，尝到了川菜，军心已乱，一个下级军官可以处理的小事情由最高统帅亲自处置，说明情况有多么严重。相父升天只是时间问题。天堂和地狱连在一起，高高的五丈原可以让相父报答先主的知遇之恩，兑现自己的承诺：鞠躬尽瘁，死而后已。石头河两岸平坦的土地，茂林修竹，田园风光，简直是天府之国的小小缩影，简直是南阳卧龙冈的重现，相父孔明只要走下五丈原就会开始一种新生活。其实也不是新生活，只是回到当初，归隐田园，返璞归真。……我是热爱相父的，我没有去过南阳，从相父生前对我的描绘中我知道那是中原最南边的一个地方，富庶温暖平和，是个过日子的好地方。

我跟老兵们谈了我的想法，他们告诉我，石头河确实像卧龙冈，甚至比卧龙冈还要湿润。此地三面环山，都是森林密布的秦岭山地，老兵们踏上这块土地就感到很亲切，有似曾相识的感觉，他们最先伐木凿石建起高大的屋宇。他们还要在这里种水稻。我就恩准了。他们选出精壮汉子，从斜峪关入山，到褒城，至汉中。汉中是秦岭山地的鱼米之乡，有天下最好的稻种。这些壮汉带上盘缠和刀翻山越岭到汉中去了。其中有两个人一直走到四川，从成都搞来正宗的四川水稻还有菜籽。四川的菜多好呀，品种多质量也好。大家把稻种和菜籽抓到手里，搓一搓看一看，就好像看到四川的土地。

　　播种前有一系列庄严的仪式。在陌生的土地上要播下故乡的种子了。我带着一帮人登上五丈原。

　　当地百姓已经建了诸葛庙。我给相父上了香磕了头，献了四川的稻种，我心里悄悄地告诉相父的亡灵："从此以后您可以品尝到四川的白米饭了，这些稻种是从您北伐的栈道上带回来的。"

　　按照常理，我在村子的祠堂再祭奠一下先祖，再到地头象征性铲一下土就可以播种了。我问手下人：下种的最佳时间是什么时候？手下人告诉我，三天之内哪天都行，都误不了农时。我就放心了。我要做一件事。我上五丈原的时候，看见渭河北岸与秦岭山地遥遥相望的北原，多么雄伟的黄土高原，在渭河北岸形成一个台地，那个东西八百里的台地太了不起了，黄帝炎帝，周秦的先民从那里兴起，然后东出潼关，席卷天下。相父孔明做梦都想踏上渭河北岸，相父孔明一次次北伐……我站在五丈原上我一下子明白了相父孔明心里的秘密，相父孔明北伐的最终目的不是东取长安，问鼎中原，而是从五丈原直接渡过渭河，去周原领略古老的周朝的礼仪，呼吸一下周文王周武王周公太公召公们的气息。周朝的祠堂在岐山脚下一个叫卷阿的山坳里。我去过那里，我印象最深的是满山遍野的森森古柏，是清泉和溪流。古庙里有周朝远古的祖先后稷和后稷的母亲姜嫄的神像，用白玉石雕刻的。

至今还流传着姜嫄和后稷的种种传说。

据说姜嫄在野外踩了巨人的脚印怀孕，生下后稷。这个来路不明的孩子让姜嫄难以接受，姜嫄就把孩子扔到野地里，狼虫虎豹不伤害孩子反而保护他。姜嫄又把他丢到街巷里想让牛车压死他，牲畜也不伤害他，绕道而行。姜嫄知道这是个神奇的孩子，就把他带回家。这个孩子天性仁厚，喜欢喂养动物，喜欢到野外采集植物，加以培植，他种出了最早的一批庄稼，据说周朝就是种庄稼强大起来的。

这个叫后稷的孩子太合我的口味了。我第一次去周公庙朝拜的时候，就喜欢上了他。他的身上有我的影子。我生在乱军当中，刚生下母亲就投井身亡，赵云赵子龙把我装在战袍里，大战长坂坡，冲出数十万大军的包围，斩杀几十员上将，血染战袍，又被先主举起来差点摔死，我是婴儿的时候就被刀枪吓破了胆。我喜欢种庄稼养牲口的后稷。周朝有许多伟大的祖先，有许多伟大的传统，有周文王请姜子牙以图大业的传统，有周武王伐纣一统天下的传统，有周公姬旦作乐制礼扫平叛乱的传统，我的天性使我无法继承如此伟大的传统，我就喜欢后稷的传统。现在，懦弱的阿斗手捧天府之国的稻种来祭拜伟大的后稷，普天之下第一个伟大的农民。我们四川的水稻要在北方在周原下边开始播种了，吃惯了小麦高粱糜子谷子豆子的伟大的后稷啊，明年这个时候你就可以享受到白白的大米饭了。保佑阿斗吧，保佑我们这群亡国的子民吧。

我回到石头河，很庄严地举起铲子铲了第一铲土。大家就呼着牲口挥着农具开始播种了。

许多荒地被开出来了，明年的播种面积可以扩大好几倍。丰衣足食是不成问题的。大家不满足于种水稻种蔬菜。又有人冒险，去翻越秦岭山地。蜀道险如天险，他们竟然从四川带回十几头小猪崽，他们嫌关中的猪肉不好吃，他们天天都在想四川的大肥猪，就带回四川的猪崽，有公有母，可以繁衍下去了。蔬菜先长出来，四川的大白菜豆角黄瓜芹菜金针菜，我的眼睛都看花了。石头河真是好地方，种出的四川菜很地道，水土气候都接近南方，跟小江南似的。

稻谷进仓的时候，阿斗算是在这里扎下根啦。我们的白米饭，把司马昭派来的人馋的。我们去请他们一起来打牙祭，他们一口回绝了，他们有他们的道理，都是北方汉子，喜欢吃面条吃锅盔，很少吃菜。最好的吃食就是把猪肉剁烂，炒成哨子肉，面条又长又宽，叫腰带面，碗底放上蒜泥，满满捞一碗，蒜香扑鼻，放上辣子盐和醋，放上哨子肉，就是天下最好的食物了。碗跟盆子那么大。我吃过一回，只吃了一根面条，两天都没消化。他们对我们的白米饭一点兴趣都没有，那花花绿绿的川菜他们也不看一眼。当地的百姓可不是这样，闻到香味就来了，吃两三口，就跟孩子一样高兴得直嚷嚷。石头河风土好，人更好，石头河的百姓跟周围的人都不一样，简直就不像关中人，没有雄心壮志，没有进取心，更不用说去长安洛阳谋取什么功名，或者去投军冒险什么的，他们好吃好喝，普天之下只有阿斗我能跟他们交朋友。他们是我的座上客。他们吃饱喝足，回去的时候再带上一些，让家里人尝一尝。他们端着盆盆碗碗，吵吵嚷嚷，热热闹闹走出村子。司马昭的手下全看见了，也闻到了，身体就不听话啦，就不由自主地到我们这边来。吃喝不分家嘛。他们有生以来吃到了如此丰盛的菜肴，几十种川菜，米饭只吃一点，我们的米饭是来陪菜的。半年以后，他们的饮食习惯就变了，开始讲究搭配，爱吃米饭了。

吃了米饭以后，这些英勇善战的北方汉子脾性也变得亲和温顺。南方人一直打不过北方人，饮食是一个很大的原因。小麦带芒，火大，吃多了性子就暴烈，血热，就容易产生惊天动地的英雄豪杰。稻米平和，吃稻米的士兵很难让他们成为一个嗜血好战的分子。

司马昭的部下彻底地让米饭和川菜给改造过来了，大家都平和了，这才是讲故事的最佳状态。该讲讲咱们的故事了。

第 五 部

1

担惊受怕的日子结束了，我过上了安宁的生活。

司马氏和曹魏的争斗越来越激烈。这有什么关系呢？司马氏能灭蜀就能灭曹魏。无论司马灭谁，他都灭不到我头上。

我已经被灭过了，迟早必有一灭，晚灭不如早灭，忸忸怩怩不如直截了当，我的被灭给司马氏留下美好的印象。我几乎没有感到任何痛苦。

曹氏家族就痛苦得不得了。据说魏明帝曹髦在位时，司马昭气焰高涨，曹髦如芒在背，浑身不自在。

曹髦的头发大概也竖起来了吧，否则他绝不会有这种感觉。我在前边说过，司马昭是个很威风的人，我们这时代专门产生这种人物。我已经猜想出后代史学家们如何写这段光荣的历史，进入历史的都是厉害角色，不会是我阿斗之辈，对这点我很清楚。

我之所以给这位不幸的小皇帝写上一段文字，因为我们同病相怜，都是傀儡皇帝。后边我还要写我和相父的另一层关系。但相父与司马昭不同，相父善待我，然后专权自任；司马昭是个武人，不怎么买账，直来直去。曹髦就有些受不了。

这多少与他的名字有些关系，他叫髦。曹氏家族中热血男儿不少，叫髦的小青年绝不是最优秀的。司马氏之所以挑选他当皇帝，是因为必须在将军里拔矮子，谁不起眼就选谁上台。这也是我最看不上眼的地方。所谓英雄时代，仅仅是个说法，仅仅是一种宣传效应。东吴孙氏家族，选的是大活宝孙皓，我爹和孔明选我，我是连自己都看不起自己的。这点很重要。

曹髦就缺少这个。他忘了他叫什么，他叫髦啊，几根毛毛子，可以遮掩一下司马氏的真面目，不可以任大梁。他忘了这很重要的一点，把自己当真正的皇帝。他头上的毛就不由自主地竖起来，那一定是很恐怖的。司马大将军的影子一出现，他就坐立不安，龙椅嘎吱嘎吱响，他的头发把皇冠都顶起来了，这可不是春秋战国时面对秦王怒发冲冠的蔺相如，是曹髦，是一个惊恐万分的小皇帝。毛发竖起来，惊慌失措，像暴风雨之夜的一只小兔子。曹髦就这么惊恐。他的毛孔也开了，他的骨头和筋在断裂。他这是何必呢？

他完全有办法应付这场面。他可以效法阿斗我呀。把龙椅当小板凳，把自己当傻瓜。这正是对付厉害人的有效办法。你不要那么敏感，不要那么神经过敏，你呆若泥塑，司马昭就没辙了。所谓大将军的八面威风，咄咄逼人的气势，阴鸷的目光等等，就会化为乌有。司马昭站在你身后，你不要有什么反应。密扎扎的芒刺逼过来，你不要惊慌，你跟小虫子一样叮在上边，你把芒刺当大树，跃然其间。或者把司马昭本人当墙壁，靠在上边呼呼大睡。他就要这种效果。

我很佩服曹髦那位机灵的老祖宗曹操，曹操刺董卓不成，便跪地献刀，转脑筋于瞬间，谁也不以曹公跪拜为耻。

我就跟相父孔明开过这玩笑。相父总以为自己很能，我有时烦他，他上朝时，我就说相父你上来。他不知什么事，他就上来了。我说相父你坐这儿。我给他的是龙椅，他扑通就跪下了。我爹给他来过这一手，白帝托孤就是这样托孤的，相父扑通跪在我爹的病榻跟前。我做皇帝后，不时操演一下，我时时得提醒孔明先生注意自己的形象，注意自己的角色。他的鞠躬尽瘁至死不悔，很大程度上得之于这种游戏。我们双方都认同这种游戏原则，一直延续到姜维。

曹髦显然没有这种游戏感。也就是说，当司马昭阴鸷的目光如箭矢般飞来时，他丧失了化解功能，他迎合了那种目光，那目光扎下了根，跟网一样罩住他，他发抖。司马昭走远了，他还在发抖。发呆，眼睛失神地看着司马昭的背影。

那是个永不消失的背影。

在那仇恨的背影里，他那祖先勇武而强悍的血性开始苏醒了。那是源自曹操的热血，汹涌如大海一般，仿佛梦幻。在大海的涛声中，曹孟德纵横天下，伐董卓，擒吕布，击袁绍袁术，直到大海。曹操在海边写下了《观沧海》。

> 东临碣石，以观沧海。
> 水何澹澹，山岛竦峙。
> 树木丛生，百草丰茂。
> 秋风萧瑟，洪波涌起……

曹髦热血奔涌。小皇帝弱小的身躯几乎难以承受这种强悍的力量。小皇帝写了一首诗《潜龙》，把自己比作落入井底的龙，没有办法升腾，只好受周围的青蛙、泥鳅戏弄。

> 伤哉龙受困，不能跃深渊。
> 上不飞天汉，下不见于田。
> 蟠居于井底，鳅鳝舞其前。
> 藏牙伏爪甲，嗟我亦同然！

这首诗落到司马昭手里，是贾充送来的，司马昭悲喜交加。喜的是这条龙终于落到井底，井底之龙是翻不起浪的；悲的是他们司马家族的角色很不光彩，小皇帝一语中的，把握得很准，他父兄两代的历史使命就是给英雄收尸，打扫战场，所获甚丰而又卑鄙万分。司马家族是能打仗的，纵横天下的战例中有他们父兄的身影。历史却把他们定格成一群虫豸，不是青蛙就是泥鳅。这是司马昭难以忍受的。

更难忍受的是司马昭必须跟贾充这些人一起密谋，他们在相府的密室里，伴着胳膊粗的蜡烛，一直到天亮。贾充在晨光中离去。司马昭心里很不是滋味：堂堂司马家族竟然沦落到与小人为伍的境地！曹操当年可不是这样子，即使有卖主求荣者，曹操事后，必斩之，视之为粪土，绝不会与他们交头接耳彻夜长谈。司马昭拔出宝剑，把插蜡烛的铜座劈得粉碎，他拄着长剑出粗气。

贾充在大臣中大肆活动，要大家启奏皇上，给丞相司马昭加爵晋公。

过了几天，司马昭率众官来到殿上。群臣向魏主奏道："大将军功德无比，请陛下加封他为晋公。"魏主垂着头半天不说话。司马昭就火了："我们父兄保曹家天下，难道不能封晋公吗？"小皇帝颤了一下，微微抬头："大将军说的是，就照办吧。"司马昭冷笑："陛下不要微微抬头，龙可不是这样抬头的。"小皇帝猛地抬头，直视司马昭，司马昭暗吃一惊，他只有继续冷笑，他的笑声干涩嘶哑，如同豺叫，小皇帝没有退让的意思。司马昭的冷笑不见效，众官员在看着呢，司马昭几乎出自本能地咆哮起来："陛下在《潜龙》诗里，把我们比作虫豸，这是对待大臣的道理吗？"小皇帝双手撑着龙案，胸脯剧烈地起伏，皇帝愤怒了。愤怒出诗人，愤怒也出英雄。愤怒的小皇帝已写了诗，他只要做出一个血性的举动就离英雄不远了。小皇帝可以以咆哮还击咆哮，一个咆哮的皇帝在朝堂上足以击垮一个野心家。小皇帝的胸脯只是剧烈地起伏，喊不出声。就像黑夜里的小孩，面对狼喊不出声一样。小皇帝无论多么愤怒，无论热血如何沸腾，也脱不了孩子的稚嫩。稚嫩的小皇帝就这样败在老辣的成人之手。小皇帝满脸通红，满腮怒火。司马昭连连冷笑，大步下殿去了。

贾充尾随其后，贾充说："皇帝不对头。"司马昭说："你说得不错，他被激怒了。"贾充说："皇帝脸都红了，都快要冒血了。"贾充突然不说了。司马昭说："吞吞吐吐干什么？"贾充说："我闻到了血腥味。"司马昭一震："他还真要翻起来哇。"贾充说："他翻上来就麻烦了。"

司马昭几乎是自言自语："戏快要收场了。"

贾充干愣着。

司马昭说："天下一统为期不远了。"

"这是天大的好事哇，晋公为何如此伤感。"

"我也不知为什么。"

晋公是知道的，我一见晋公，就能感觉到他与曹操孙氏兄弟和我爹刘备的差异。他是这盘棋的最后赢家，可他一点也没有英雄时代的豪迈与勇武，那种纵横天下、气吞山河的壮举离司马家族非常遥远。同样是征战，司马家族的仗打得热火朝天而没气势，同样是阴谋，司马家族玩得得心应手而没有一点智慧。战争奇观宫廷政变以至于改朝换代，无不染上一种腐朽的气息。

这一切司马昭是清楚的。

司马昭说："你还愣着干什么？"

贾充真的不知道要干什么。在他们的阴谋中，串联大臣给司马昭加封晋公，目的已经达到，阴谋也就收场了。贾充真的不知该怎么办。

司马昭说："我们的小皇帝怒火冲天，他要学他的祖先，他要当英雄。"

贾充叫起来："他要对晋公动手？"

"是这么回事。"

"我知道啦。"

贾充拿着兵符去调集人马。阴谋又开始了。

小皇帝没兵，小皇帝带着一帮宫仆啊呀呀杀向将军府。半道遇上贾充的精锐铁骑。小皇帝面无惧色，大叫："我是皇帝，你们要干什么？"士兵全停下了，天子的威仪在渐渐上升，贾充慌了手脚，环顾左右："大将军养你们是干什么的？为什么还不动手。"铁甲军头领成济成倅兄弟问贾充："要死的还是活的？"贾充说："大将军有令，不要活的。"

成济成倅兄弟一齐向前把小皇帝砍死在龙凤车上。小皇帝死前还挥着宝剑，大喊："贼子！你不得好死。"

皇帝死在乱刀之下，皇帝的叱骂声还留在众人的耳朵里。大家都看成济成倅，凶手有些胆怯。凶手对贾充说："他骂我们是贼子。"

贾充说："我们是大将军的功臣。"

凶手说："他说我们不得好死。"

贾充说："死的是他，不是我们，我们等着荣华富贵吧。"

凶手说："我们眼皮老跳，心里不踏实。"

贾充说："那是你们太紧张了。"

以陈泰为首的许多大臣愤愤不平，要查办此案。司马昭做了让步。陈泰非要杀主谋贾充，司马昭不干，司马昭说："杀一个次等的吧。"

"没有次等的，一直往上杀，杀元凶。"

司马昭掂量半天，突然一指成济成倅："他们是杀主上的凶手，把他们抓起来。"铁甲军毫不客气地把成济成倅兄弟捆起来，两兄弟叫苦不迭：

"大将军啊，我们是奉你的命令呀。"

"快快拉出去斩，全家都斩，一个不留。"

两兄弟跪下了："天子骂我们不得好死，此话才三天啊。"

司马昭微微一笑："不要怪我手狠，你们确实不能好死。"

两兄弟干嚎："天子一语成谶啊。"

司马昭立曹奂为天子，曹魏天下完全落入司马家族之手。

小皇帝终于没能翻上来。

有一天，司马昭在相府大院散步，忽然心血来潮，走到井台上。那是一口好井，水又清又深，水面映出的大将军和丞相果然是一副大嘴巴青蛙的模样。青蛙要合上嘴还是挺不错的，嘴巴一张，一目了然，空荡荡的什么都没有。

青蛙为什么大张着嘴？

相府上下无人敢说实话。

司马昭偏偏想知道实情。聪明人也有糊涂的时候。这一点司马昭是清楚的。干大事的人手下都有幕僚，幕僚不会告诉他什么，他便知道问题的重要。

司马昭脱下金甲，一身布衣打扮，带几个便衣护卫走出洛阳城。伊水洛水气象万千，四野苍翠，司马大将军俨然一平民也。水边的稻田里有插秧的农民。农民的身边青蛙乱跳，司马昭就想起曹髦的《潜龙》诗，在那首诗里，青蛙泥鳅围着龙转。这个农民粗手大脚，他把稻秧插进水里，青蛙和泥鳅就围上去，那情形好像他就是皇帝，就是田野的帝王。这种人肯定知道青蛙的秘密。司马昭就嗨了一声：你田里的青蛙为什么不张嘴。

农民侧一下脑袋，没停下手中活儿："它为什么要张嘴巴？它很自在，它随便蹦几下，就能保护稻田，它为什么要张嘴巴。"

"照你这么说它张嘴巴是不自在喽？"

"青蛙力不从心的时候才傻乎乎地张大嘴。"

"它怎么会力不从心呢？"

"青蛙应该待在水田里，可有些青蛙会跳到大路上，在路上玩玩也罢，它们偏要搬大车轮子，使劲搬，嘴巴就张老大老大，有的青蛙肚皮都撑开了。"

司马昭目瞪口呆。

农民还在唠叨："瞧瞧我的青蛙，乖乖待在水田里多好。"

司马昭刹住了篡位之心。

青蛙的故事就是他的心病。

另一块心病是阿斗我，我的被俘让司马昭大开眼界。

阿斗与曹髦都是小皇帝，我们一样又不一样，我们都没有守住祖业，曹髦先生写了一首《潜龙》诗，司马昭就被定位为青蛙泥鳅，司马昭虽然杀了曹髦，那首诗造成的影响却是难以消除的。

　　阿斗我到底给司马大将军带来了什么影响？目前还不清楚。有一点是肯定的，我们这些末代小皇帝给司马大将军造成了不小的心理障碍这倒是真的。

　　我的囚徒生涯与当皇帝没有什么区别。我的周围全是司马昭的暗探，我的每个呵欠都是舒畅的，而我的每一个呵欠也注定要传到司马昭的耳朵里。这是前所未有的。在成都的时候，我的享乐没人关注，大臣们尽量回避。就黄皓陪着我，我离不开这厮就是因为我太孤单了，享乐太孤单是不行的。黄皓死了，我反而热闹起来，天下最威风的大将军关注你的饮食起居，你的一举一动他都要思索半天。这让我兴奋。我在成都胡闹，丞相顶多皱皱眉头。这下好了，我在巨大的关注中享受醇酒美妇，我常常发出嘿嘿的笑声。

　　好多年以后，东吴也灭亡了。最后一个亡国之君孙皓也是挺好玩的。司马炎用老一套对待孙皓，也骂他荒淫残暴。孙皓荒淫如我，但我不残暴。司马炎是聪明人，就把斥责的重点放在残暴上。司马炎指着一把椅子说："这就是给你准备的。"孙皓反唇相讥："我在南方也给你准备了一把椅子。"司马炎的部将要动武，孙皓大声说："要在江南，我早把你剥皮剔骨下油锅了。"众将不由自主筛抖起来。孙皓不愧为孙权的后代。

　　司马炎没有其父司马昭那种阴鸷的目光，司马炎没法用眼神挫掉孙皓的锐气，孙皓降俘便免去了尿裤子的惨状。我在司马昭跟前是尿过裤子的，连续不断地尿啊，至今洛阳的上空还有一股尿臊味。

　　相当长的时间里，我在洛阳的街巷里游逛。司马家族对我失去了兴趣，他们在我身上发掘不出任何王者的气息，我就自由了。

　　这样很好，我本来就是没有野心的人，我是个过日子的人。

我很喜欢司马昭给我的封号：安乐公。安安乐乐，还能享有爵位。开天辟地以来没有过的啊。

2

那时，读书人不买司马氏的账。读书人崇尚名士风度，放浪形骸，任自然而越名教。司马昭手下的官员去找他们，屡遭白眼。司马昭大开杀戒，也不能吓住他们。有时，他跟我说着话，就会兀自发狠，要杀读书人。我笑他神经过敏，耍笔杆子的读书人有什么可怕，难道能比得上关、张、赵、马、黄五虎上将？

司马昭长长地嗨了一声："不拿枪的敌人比拿枪的敌人更厉害更可怕。"

司马昭牙根打战，像地震，看来不是装的，是真害怕。

他把人家曹髦先生害得如芒在背，他自己也陷入如芒在背的境地中难以自拔。

我从来不怕白面书生，反倒有点喜欢他们。我怕那些舞刀弄剑的将军。刀枪剑戟总是血淋淋的，这些玩艺儿摁人的脑袋就像小孩摘果园里的果子，毫不客气。

司马昭说："你让邓艾、钟会打怕了，邓艾还给你弄口棺材。"

"棺材是我带的，感谢邓将军把它烧了。老天爷给每个人都准备了一口棺材，烧了它，阎王爷就不会再找麻烦了。"

"你有这种怪想法，我还没听过。"

"不会吧，天下名士都在你们魏国，他们整天嚷嚷长生不老，我在成都都听到了，你怎么听不到呢？"

"你是说那些竹林狂士？你喜欢他们？"

"我就是奔这个来的，老实不客气地说吧，不是邓艾钟会打进蜀国，是我阿斗盼他们进来。他们不来，我就离不开成都。我的大将姜维，他不听我的，他听孔明的，他又那么忠诚，杀不得骂不得，就这么耗着，把我都耗烦了，我老想着来一支天兵天将救救我，邓艾就来了，他来得正是时候啊。他烧棺材的时候，我劝他把自己那口棺材也烧了，他不听，阎王爷马上来找他，父子三人没活一个。"

"你还真有点名士风度，你真不该做皇帝。"

"我不喜欢给别人做皇帝，喜欢做我自己的皇帝。"

"成都的读书人好像不太爱闹事。"

"相父好刑名，早把他们制服了。"

"曹操也好刑名，反倒给魏国弄这么多读书人，这些人恃才傲物，狂放不羁，讨厌死了，让他们待在你们成都反而好些，省得我杀他们，杀人总是要挨骂的。"

"很可惜我们成都没有这些狂士，相父孔明喜欢忙忙碌碌的人，我不止一次向他建议招些有学问有名望的读书人，他总是置之不理。逼急了，他就说，他是天下最有学问的人。他写前后出师表，文采斐然，群臣庆贺，文章确是好文章，不比曹氏父子的诗文差。可孔明毕竟不是地道的文人墨客，要在成都形成建安七子那样的文化气氛，光他一个人是远远不够的。大臣们都听他的，他不喜欢才情飘逸的人，我孤掌难鸣，又奈何不了他。我是多么向往中原啊。瞧你们魏国，武将如云，诗人如林，建安七子、正始名士、竹林七贤住在你们这里，东吴和蜀国冷冷清清，要风度没风度要气派没气派。"

"你是个爱热闹的人，怪不得你做不成皇帝，做皇帝就要高高在上，称孤道寡，爱热闹是不行的。"

"我总算到了洛阳。"

"可惜你来晚了，嵇康阮籍让我给杀了。"

"没关系的，我要的是这里的气氛。"

司马昭嘿嘿笑。我说你笑什么？他说："我笑你这傻瓜画饼充饥，人都叫我给杀了，你要什么气氛呢？"

我说："你是习惯成自然，我是异乡客，一进洛阳我就醉了，这里的气氛很合我的口味。"

司马昭的脸一点一点阴起来："你说得不错，杀了两个，剩下的也变乖了，可那种气氛反而更浓了。"

"名士喜欢弄玄，让他们弄玄好了，曹魏的江山迟早是将军的。"

"你真这么看？"

"大家都这么看，江山是你们司马父子打下的。"

"你是老实人啊，大家都像你这么老实就好了，我还愁什么呢？"

司马昭使劲拍我的肩膀，走的时候却那么郁郁寡欢。

我从没见过这么忧郁的人，他的忧郁超过了相父孔明；孔明每次出征，总是显得那么悲壮。

司马昭的忧郁是从凶残阴险奢侈荒淫中显示出来的，是一种腐烂的娇艳。这都是竹林狂士给气的。

3

我竭力搜寻狂士们的只影片迹。洛阳人对他们的崇拜超过对皇帝的崇拜。我舍弃江山来到这里，真是不虚此行。洛阳人谈论竹林七贤，就像讲古代的神仙，无论是讲的人还是听的人，都有一种潇洒出尘的飘逸之感。

竹林狂士中顶有名的是嵇康，他的拿手好戏是弹琴长啸。他在诗中写道：

目送飞鸿，

手挥五弦；

俯仰自得，

游心太玄。

他沉醉于音乐，写《声无哀乐论》。认为音乐是自然产生的客观音响，它的美不美，并不因为人们的爱憎和哀乐的干扰而有所改变。事物都有一个名称，但名称和实在是两码事，一般把哭叫做哀，把歌叫做乐，其实，就像玉帛不是礼节的实在内容，而只是形式一样，歌哭也不是哀乐的主体。音乐的美感动人，好像酒也会使人发泄感情一样，酒不过是好吃不好吃，醉了的人有喜怒各种感情，所以不能因为人的感情被音乐诱发出来，就说音乐中有喜有乐，就像不能因为人喝酒之后有喜有乐，就说酒也有喜有乐一样。音乐只给人以感觉，它并不表达感情，也不是神造，更不能移风易俗。司马家族好不容易打出"移风易俗"的旗号，一下子让嵇康撕个粉碎，司马昭要杀他，他还要弹曲子。临刑前，他神色不变，迈着方步徐徐走向东市。那是临刑的地方，嵇康站在那里，若孤松之独立。洛阳人被他超脱的风度打动了，他们献上美酒，他们要看醉酒后的嵇康。据说嵇康的醉态是天下一绝，洛阳人要记下这美妙的一瞬。

嵇康捧酒就喝，一喝就醉。其醉也，巍峨若玉山之将崩，飘飘若玉树之临风。洛阳人大开眼界，静悄悄像是在夜间。沉静了好久，人们忽然发现了死亡，死亡就站在嵇康身边，时辰一到，独岩孤松和巍峨玉山就会倒在血泊中。

大家要嵇康唱几句，呼声如雷久久不息。竹林贤士一般不唱歌，他们习惯在群山旷野中长啸，啸音激越有如烈马仙鹤，离开山林置身闹市是啸不起情绪的。嵇康要来一架琴，弹奏那首有名的《广陵散》。他的好友袁准曾多次向他请教此曲，他吝惜守秘，不肯传给袁准。《广陵散》从今往后再也没有人会弹了。

当时，洛阳三千太学生上书求情，要拜嵇康为师。司马昭杀心已定，毫不吝情，杀了嵇康。

嵇康名气很大，很傲慢，尤其是对那些权臣，正眼瞧都不瞧。权臣钟会慕名拜访，嵇康和好友向秀抡锤打铁，一身苦力打扮，汗臭熏天。钟会被晾在一边，铁锤声弄得他身上的锦衣轻裘黯然无光。他觉着没趣，悻悻走开，刚挪几步，就听见嵇康说："你听到什么而来？看到什么而去呢？"

"听了我所听到的而来，看了我所看到的而去。"

钟会的脸成了青茄子，找司马昭告状，要用嵇康的脑袋来消解心中的怒气。司马昭答应，让钟会乐和乐和。

杀嵇康那天，钟会就在东市的酒楼上。有美人有酒。美丽的女人可以使人强烈地感觉到生命的存在，酒更是锦上添花。女人说："嵇大夫喝酒啦。"钟会说："死囚处斩都要喝酒。嵇大夫有个怪论，认为喝酒的人不醉是酒在醉。"女人大叫："嵇大夫醉了。"钟会抽女人一耳光，女人带着哭腔改口说："酒醉了，酒在嵇大夫身上醉了。"钟会凭栏俯视，暗暗吃惊：醉酒后的嵇康面孔丰润，朗朗如明月之入怀，双眸闪闪若岩下电，身姿濯濯如春月柳，行走谡谡如松下风，那风神气韵达到了清纯空明的境地。人群密如黑蚁，惊叹声久久不息。人们对嵇康的崇拜超过尘世的皇帝。

钟会一下子明白了，他带给嵇康的是什么。那东西绝不是死亡！

那时，人们执著于对人生不朽的追求。曹丕做了皇帝，依然感到："年寿有时而尽，荣乐止乎其身，二者必至之常期，未若文章之无穷。"帝王将相、富贵功名很快便是白骨荒丘，真正不朽能够世代流传的却是精神世界的东西。"不假良史词，不托飞驰之势，而声名自传于后。"显赫的权贵可以湮没无闻，而美妙绝伦的词章和音乐却并不依赖什么而被人们长久传诵。

钟会长吁短叹，妇人以为他懊悔了："太学生上书求情，晋公听你的，你也求个情吧。"

"悔不该让他出尽风头，应该让他锦衣夜行，明珠暗投，他的风度和音乐就会变成荒丘。"

在闹市杀有名望的人，如同以锤击铁。他还记得嵇康和向秀打铁的情景，一锤下去，火星四射，打铁人的红脸庞一下子成了太阳。杀一个人，关键是杀他的气概，而不仅仅是生命。

那天，在东市的酒楼上，钟会和妇人眼睁睁看着刽子手的钢刀落在嵇康的脖子上。那脖子硬硬地一挺，血水哗然四射，照亮了天地。

那是名士们最有风度的一天。

蜀地多雾，阿斗没有感受到那一天的辉煌。洛阳人安慰我：听听故事也可以，竹林七贤的风貌全在传说里。他们给我讲傲慢的阮籍。阮籍以青眼白眼待人：对志趣清雅的高士，视以青眼；对龌龊小人，视以白眼。还有嗜酒的刘伶，可以大醉四十天不醒，外出时让仆人扛一坛酒，边走边喝，死了随地挖一个坑把自己埋掉。

这些怪诞的行径在我们蜀地是难以想像的。相父孔明正儿八经，他要看见这些狂士，非气死不可。洛阳人笑："听说孔明的家庭生活很枯燥。"

"相父惟德是馨，夫人不漂亮，可她的聪慧是举世无双的。"

相父没有绯闻，没有名士的臭毛病。他是魏晋时最苦最累的人。

洛阳人说："普天之下就你阿斗会享乐。"我告诉他们：我的乐趣是有限的。他们不信。我的宫殿里女人不少，但有姿色的也没几个。孔明以节俭治国，包括性生活。

孔明死后又来个姜维，姜维也是爱管闲事的主儿，把皇上看得很紧。皇宫里冷清得像寺庙。皇宫就要有皇宫的样子，光有花草虫鱼是不行的，还要有漂亮女人。

黄皓就是在这个节骨眼上出现的。他顺应了我的需要。我是皇帝，皇帝的需要就是时代的需要，你得适应时代的潮流，做时代的弄潮儿，想方设法为皇帝排忧解难。尽管黄皓不怎么地道，对我却是必不可少的。

阿斗我的品位是黄皓训练出来的。你得承认他很能干，他能训练一个皇帝，绝不是等闲之辈。那时我对他很不友好，动辄打骂，不过宫中太监历来逆来顺受，他们是奴才，只要主人高兴，要他们怎样他们就得怎样。现在想起来，他们真不容易。我做了阶下囚才想到黄皓的种种好处，他处心积虑，敢冒天下之大不韪为皇帝尽心尽力，其精神不亚于相父孔明。孔明有句名言：鞠躬尽瘁，死而后已。这话用于太监黄皓是极恰当的。做臣子的急皇帝之所急，甚至连读书人那种急流勇退的清高都没有，死心塌地为皇帝分忧。这是孔明姜维他们难以企及的。每当关键时刻，我对黄皓的信任就超过任何一个大臣。有一次，相父有感于国库空虚财力紧张，上折子要求紧缩银根节流开源，这当然是好主意。可实施起来就遇到了麻烦，连孔明自己也大吃一惊。我是皇帝，丞相拿方案，可我得按我的趣味来裁减人员，结果朝廷里全裁光了，留用的全是太监。相父差点哭了。这是没办法的事情。我告诉司马昭：我们蜀国是外弱内强，从来不担心宫廷政变，关键是我们的太监是优秀的。他们最了解女人，他们的眼力远远超过我们这些正常人。自从有了黄皓，阿斗才体会到男人的乐趣。

有一天，大臣刘琰的夫人来朝见皇后。我在花园里听见她们的说话声，凭那声音，我就判断出她是个绝代佳人。我把她留在宫中，果然色香味俱佳。如此美妙的人儿应该奉献圣上。可刘琰这小子一点奉献精神都没有，竟然把我对美人的宠幸看成通奸。日他妈妈的，他手段之毒辣令人目不忍睹。妇人回府后，他唤帐下军士五百人，列于前，将妻绑起来，令军士用鞋抽打妇人的小脸蛋，妇人死去活来好几次。这不是糟蹋我吗？我让刑部治刘琰死罪，刑部开会研究，得出结论：军士非用刑之人，脸蛋也不是受刑之地，罪应当斩。

杀了刘琰，可美人给毁了。美人跟天才一样，几百年才诞生一个。孟子说：五百年必有王者兴。王者、天才、美人都是天地的精华，刘琰这小子一点儿也不懂诞生一个美人有多么艰难，那几乎是千年不遇的绝妙景观。做臣子的没有一点自我牺牲精神是不行的，起码是不称职的。

洛阳人给阿斗讲竹林七贤里的阮籍。阮籍去酒店喝酒，老板的娘子秀色可餐，阮籍就拿她当下酒菜，醉得有滋有味。漂亮女人把给阮籍当下酒菜视为一生最高的荣耀。中原自古帝王州，气派果然与西蜀不同。洛阳人告诉阿斗：美男子潘岳夹着弹弓在大街上走，碰到他的女人们便手拉手围住他。潘岳夹弹弓是打鸟的，妇人们争先恐后想成为被击中的鸟儿。才子左思容貌丑陋，也仿效潘岳在街上漫游，于是成群的老太婆一齐朝他吐唾沫，弄得他无精打采跑回家。

洛阳人说："在我们中原，风度容止就是帝王。"

阿斗感慨万千："帝王宠幸美人要下诏征辟，狂士们的神情风貌却是无条件的。晋公杀他们太可惜了。"

"晋公要一统天下，不允许在他之外还有强者。"

"人的风度这么厉害，可以跟司马的强兵猛将相抗衡。"

那些日子，阿斗漫步在洛阳的大街小巷。人们给他指点酒垆，卖酒的妇人依然那么秀美，可那秀美中有一种委顿之色。自竹林七贤之后，大街上的行人在妇人眼里与瓦石无异。

阿斗向她讨酒，屡次三番在她眼前晃悠。阿斗多么想唤起她的青睐啊！妇人看他就像看一条板凳，阿斗里里外外竟也木然了，连饮酒的滋味也是木木的。

河洛之地，气象万千，阿斗来到郊野的竹林里。这里是嵇康、阮籍、向秀、山涛、刘伶、阮咸、王戎经常聚集的地方。他们纵情饮酒，弹琴长啸，青青竹林就这样成为大地上的仙境。那是荒乱年代惟一清静的地方。竹林狂客的使命就是开拓这块乐土。跟种田的农民一样，耕耘好田地后，他们就消散了。农民的地年年耕种，狂士们的乐土千年不遇。

在长天和大野的重压下，竹子枯萎发黄。这是一瞬间的事情，一瞬间的枯萎带来的是千年的黑暗。

几年后，竹林七贤中年龄最小的王戎，担任尚书令，穿着官服，坐着轻便的小马车，从黄公酒垆前经过。他回头对车上的客人说："我从前和嵇叔夜阮嗣宗一起，在这家酒店里尽兴饮酒，竹林的饮酒游乐我也参与末座，自从嵇叔夜阮嗣宗死后，我做了朝廷的大官，被时势所拘泥，不能再像以前那样放荡不羁了。如今黄公的酒店虽然近在眼前，却像隔着山河那样遥远！"

那些日子，阿斗常常自言自语，仆人们只当我发神经。外人不明白，就要围观看热闹。看热闹的人多了，阿斗反而高兴；高兴了话就多，自言自语就变得有声有色。我说：竹林七贤跟我一样都是老实人。

聪明的洛阳人脑子转得很快：阿斗把一个蜀国都玩丢了，谁能玩这个？相比之下，竹林名士的放荡就有点自惭形秽了。可洛阳人怎么也不把阿斗当名士看，阿斗很生气。阿斗反复强调：我跟名士是一样的人。洛阳人笑我有名士的做派没名士的风度。

风度是学不来的。

人家明明是激他，老实人一受气就要说更大的老实话。阿斗凄凄惨惨，承认自己没风度。因为先主刘备是卖草鞋的，鞋匠的儿子要修炼得风流倜傥潇洒出尘还真不容易。

洛阳人感慨万千：千万不要干那些下九流的营生，汉室宗亲刘备刘皇叔高贵的血液就是在卖鞋生涯中被毁坏的。诸葛孔明辅佐刘备父子，与其说是打天下，还不如说是恢复遗失的血脉。

低贱的血脉承担不起君临天下的大任，甚至连名士狂傲的气度也学不来。

洛阳人说：千不该万不该，刘备卖鞋最不该。

阿斗心里格登一下，这样聊下去非出事不可。洛阳人见好就收，不再打破沙锅问到底。

4
-

司马昭可不像街头百姓那么厚道，他要查个水落石出。我告诉他：先主确实卖过草鞋。司马昭目瞪口呆："我以为那是传说，皇室宗亲沦落街头，都是那些乱臣贼子造的孽。"他从十常侍骂到黄巾张角骂到董卓，连曹操也骂了。

我脱口而出："你怎么对我这么好？"

"你还不明白？"

"我真不明白。"

"司马家族跟你们刘家一样，属于高门大姓，是世族。"

我和他，最最窝囊的阿斗和顶顶聪明的司马昭，脑壳碰脑壳地挤在一起亲密交谈。谈什么呢？谈那些顶高贵的狗屁血液！他恶狠狠地说："天下是我们世族的。"

"世族就该坐天下？"

"世族不坐天下还怎么叫世族？世就是一代传一代，谁也甭想伸爪子。曹操又是屯田又是招贤搞新花样，想把我们世族搞下去。世族稳如泰山，曹丕没办法只好用九品中正制代替招贤令，他们也不想想，汉室江山几百年，崔卢王谢司马氏垮过没有？"

"你发兵平蜀，汉室不是完了吗？"

"你亲口告诉我你乐不思蜀，来到洛阳就像到了家里。豪门大族都在洛阳，都是汉室旧臣。曹魏算什么？太监的养子，跟黄巾反贼有什么区别？"

"你把我当汉献帝了。"

司马昭笑笑，笑得很诡秘很有意味，不能不令人侧目相看。我用心去看，他的笑容里竟然露出一丁点羞涩。

我老实告诉他：我是天下最大的傻瓜。孔明何许人也，我都

119

让他失望了，你能希望我什么呢？司马昭声音小小的："希望我所希望的，你能让孔明失望，不一定让我失望，对不对？"

"你想学曹操，挟天子以令诸侯，可我不是皇帝了。"

"你姓刘哇，你是刘皇叔的长子，正宗的汉室后裔，我要灭曹魏给汉室报仇。"

"我不是告诉你了吗，我又笨又傻，会让你失望的，你要相信我呀。"

"我当然相信你啦，我让你花天酒地，让你当安乐公，以后还要让你当安乐皇帝。"

"我不做皇帝。"

"帮我做皇帝都不行吗？"

"你怎么能这样？这种忠诚我一点也受不了。"

"你真他妈扶不起来？"

"我是阿斗我是阿斗啊！"

"你爹怎么给你起这么个名字？"

"不怪名字，关键是我不想起来。"

我一起来别人就想利用我，身处乱世最好趴下别动。我告诉司马昭："我好静不好动，阎王都没法子。"司马昭恶狠狠地叫起来："那就当一回阎王。"

我来洛阳可不是送命的，我又笨又傻，而且不经吓。我告诉他："我不想说实话，你不要逼我。"司马昭咆哮："老实人也有不老实的时候，你还给我留一手哇！"他用手弹着剑鞘，像啄木鸟给树看病。我可没病，但肚子里有虫子乱窜不假。我说："相父孔明是天下顶聪明顶有能耐的人，听了这个秘密吓得连气都没了，你这么逼我对你没好处。"司马昭的手指依然故我，跟真正的啄木鸟一样，他非要敲出我肚里的虫子。我只好对不起了，我告诉他："我爹刘备不姓刘，也不是什么刘皇叔。"司马昭一跳老高惊讶得不得了，眼珠子成了鸽子蛋还在手里掂了掂，像街上要杂耍的。我很理解他的傻样子。我把这事捅给孔明时，孔明嘴里只有出的气没有进的气，何况你司马昭呢。

司马昭的脸蛋白煞煞的一副吃人的样子，他问我："你爹不是刘皇叔，那是谁？"

"我也不清楚，我生下来的时候，我爹就已经是刘皇叔了。"

"岂有此理！你又不是抱养的，你是刘备的亲生儿子，刘备何许人也你会不知道？"

"我爹自己也弄不清他到底是何许人也。"

5
—

他最早是河北涿县地界卖草鞋的，没有自己的作坊和店铺，也不可能雇用伙计，他只能雇用自己的手和脚。除了躯体，没人听他的。

一个只能对自己的双手发号施令的人，是不会在乎姓氏的，因为别人不会把他的姓名当一回事，怎么方便怎么称呼。他自己清楚自己吃多大一碗饭，他不可能在制鞋行业里发迹。那些发迹了的老板，往往用自己的姓氏做店铺和作坊的字号，比如王记张记。

草鞋这玩艺儿是给穷人穿的，鞋铺里不加工这些。鞋铺制作靴子和各式各样的绸缎鞋，那是给有身份的人穿的，最不济也是大众化的麻布鞋。草鞋算什么呢？从旷野打一捆茅草，坐树底下连搓带编，人们把那地方不叫店铺叫摊。买卖双方随遇而安，没有固定地点，甚至连流通用的货币也是随意性的：有钱给钱，没钱给馍馍给红薯大枣梨子什么都行。银子是绝对到不了他手里的，他手里能攥几枚铜币就不错了。

他连种田的农民都不如，农民有自己的地自己的房子；有地有房就有女人孩子，理所当然有名有姓。

流浪于野的人跟风一样飘忽不定。漂泊了十多年，他只知道自己是河北人，他只保存了父母给他的躯体和生命。这已经是一个了不起的成就了。

在他的流浪生涯中，女人起了很关键的作用，他那句"兄弟如手足，女人如衣服"跟曹操的"宁使我负天下人，不可使天下人负我"句，成为三国时最流行最轰动的至理名言。他惟一的财产就是他的好身架好脸盘。这对流浪汉很重要，无论你流浪何方，别人首先对你没有恶感。尤其是女人，很容易施情于他。

跟我爹交往的都是穷人的老婆。穷人偷情不讲究环境，跟解手似的，跟前没人就行。树林草丛庄稼地，凡是遮人眼目的地方都可以给我爹制造快乐。那时，我爹还不知道跟女人睡觉是宠幸她们，那时他很粗糙，把睡女人叫踏蛋，就是公鸡跟母鸡那种。

这种粗野的交媾术语对我爹影响很大。好多年以后，他有了军队有了美貌高雅的夫人，也改不了这种坏脾气。老是把幸女人叫踏女人。甘夫人糜夫人老是觉得自己是鸡，不是什么高贵的凤凰。

那段粗野的性史摧毁了他的尊严，也摧毁了他对所有人的尊重。

最早受到伤害的是他的名字。流浪生涯所练就的强壮体魄和万种风情，是妇人们梦寐以求的；妇人们喜不自胜，有意再次幽会，便有必要记下他的名字。

那时我爹是有名字的，他半天开不了口，是因为妇人一口一个官人一口一个相公，把他抬举得很高。妇人的丈夫是下田的农民，妇人唤丈夫跟唤牲口一样不把丈夫当人看。她们把我爹很当一回事，弄得我爹反而自惭形秽。男人眼里出西施，女人眼里也稀里哗啦什么屎都拉，比男人拉得更猛更带劲。

我爹不肯说自己的名字，是因为那名字跟种田的农民没什么区别，粗糙俗气毫无浪漫色彩。而妇人的眸子里全是那些高贵的玩艺儿，我爹抠破脑仁也抠不出一个高贵的字来充当自己的符号。妇人把他这种迟疑看成一种风度，眸子里的风情愈加躁动愈加猛

122

烈。那时，涿州地界有一支汉室宗亲，我爹便说他叫刘刘刘，后边的字还没流（刘）出来，妇人就已经很满足了。妇人就唤他为刘郎刘官人。高祖刘邦当年也是个有姓无名的人，排行老三，人唤刘小三刘季。

妇人就这样把我爹当成了贵人。刘是国姓我爹很喜欢。我爹流浪生涯中首次出现一个红颜知己，这是非同小可的。有女人垫在身下，冰凉的大地离自己远了一点，有一种腾云驾雾的神仙般的感觉。男人的伟大很大程度就是这样体现出来的。两人交欢时，妇人常常难以自制，把自己比作席子褥子毡子。我爹在她的欢叫声里势如奔马雄壮得不得了。

人一高兴就容易昏头，就容易忘记自己姓甚名谁，就容易产生一些不切实际的想法。我爹就在妇人的欢叫声里决定取刘为自己的姓氏。我爹对自己的剽窃行为一点也不感到内疚。流浪汉是没有内疚心理的。

那个多情的妇人在我爹身下不停地欢叫，一会儿席子一会儿褥子一会儿毡子。我爹过惯了穷日子，被褥毡毯这类东西他消受不起，他最终选择了席子。席子是炕头最底层最便宜的东西，割一捆芦苇就可以织一张好席子。还有一个重要的因素，织席的芦苇和编草鞋的茅草都长在野外，不分彼此更没有贵贱，很容易被我爹接受。我爹说："你就做我的席子吧。"妇人一定要我爹给她织一张席子，我爹还在犹豫，妇人说："能织鞋子就能织席子。"

我爹到水濠里割一捆苇子，晾在地上。妇人每天都要来跟我爹幽会，妇人心很细，她就躺在晾开的芦苇上，苇子晒了一天，里边蓄满阳光。他们团在一起，苇子跟他们一样亢奋。稍动一下，苇子就响半天，把气氛弄得很热烈。

苇子晒了三天，在他们的身下揉搓了三天。妇人说："不用刀削你织吧。"我爹很快织好一张席。妇人从怀里掏出彩陶碗，一摔八瓣，用带花的那瓣刮席子把苇片上的毛边刮得又光又滑。妇人说："织席子吧，有席子就有女人。"

我爹改行织席子，连织带补，交往面一下子扩大了。

席子这玩艺儿穷人富人都得用，穷人用粗的，富人用细的。我爹有幸结识富人的太太少奶奶和闺女。大户人家家大业大，活儿要干好几天。我爹少言寡语，面如冠玉，唇若涂脂，身长九尺，喜怒不形于色，眸子一转余光可至耳轮，贵妇人少奶奶们看呆了，她们呆头呆脑像夜色里的鸡，辨不清方向，我爹手到擒来，在织好的席子上三下五除二就把事情做了。

席子上不免要留下一摊两人的水儿。我爹把水儿抹开抹匀，跟涂了蛋清一样，凉风一吹，席子光润可鉴，主人赞不绝口。主人哪里想到席子上的光是他媳妇和我爹的水儿浸润出来的。

那些精明的东家，打我爹一进门就能感觉到某种威胁，他们防范很严。我爹胸有成竹，东家太太对他的情意全是隐形的，善用兵者隐其形，东家防不胜防。我爹做完最后一道工序，告诉东家还要置办一样东西。

东家前脚出门，太太后脚就上了新织的席子。我爹一丝不苟跟干精细的活计一样搓捻调理，把女人重新织一遍。好像她被丈夫安装错了，我爹把她拆开，拆得一件不剩，又一件一件地擦洗打磨。同样是女人，又是相同的部件，在我爹这种大师级水平的男人手里，女人一下子就成了神仙，仙气通体，忍不住叫起来："我怎么啦？我这么大！"

"你就席子这么大。"

"原来我就是一张席子呀！"

"女人家，无论穷人富人都是席子。"

两人收拾停当。妇人前脚出门，男主人后脚进门。我爹已经把席子打光了，席子的光泽里有淡淡的肉香。男主人忽然有了某种莫名其妙的恼怒。他毕竟是主人，有钱有势可以大嗓门训斥人。他让我爹过来，我爹就过来，他说："你他妈打好了，还让我买这些玩艺儿。"我爹告诉他："给席子打光是祖传秘方，外人在场没法干。"

男女交欢不能有旁人在场，遮人耳目才能制造快乐。

主人家的席子全换成新的，主人家的少奶奶大媳妇二媳妇三媳妇也都换个人似的。

我爹就这样成了贵人，他到谁家谁家就变个样，旧貌换新颜，连小板凳也情绪饱满，春意盎然。

我爹便有了挑选的余地，越是挑剔越能得到女人的青睐。说白了，挑剔是对女人的一种鞭策。

好多女人被我爹无情地淘汰了，其中不乏漂亮娘儿们。女人光有漂亮脸蛋是不行的，她们是人生盛筵上的珍馐，色香味俱佳才能上席面。

我爹那种喜怒不形于色的神态使女人们感到害怕，她们胆怯飘忽像一团雾，根本看不清我爹那颗变幻莫测的眼珠子。我爹的眼珠子轻轻地滑动，像旷野的狡兔，一会儿居中，一会儿左右，一会儿溜边，行踪飘渺，令人防不胜防。人家是来向他缴械的，他也不让人家安宁。娘儿们在别的事情上犹犹豫豫、婆婆妈妈，可要给心上人解衣宽带还是很爽快。

那些解了衣宽了带还没上手的女人既不尴尬也不后悔。她们有这个心理准备，她们把这事看得很神圣很神秘。皇上选秀女也有漏掉的，皇后也不是天天陪皇上。大家都很坦然。女人要什么？女人要的就是这福分。

老实不客气地说，我爹的皇帝脾气是在娘儿们身上练就的，我爹的威名也是从娘儿们身上打出来的。她们给我爹编了好多故事。

在那个故事里，有个叫罗敷的姑娘，貌若天仙倾城倾国。"行者见罗敷，下担捋髭须。少年见罗敷，脱帽着帩头。耕者忘其犁，锄者忘其锄。"出巡的使君太守也怦然心动："使君谢罗敷，宁可共载不？"她毫不客气地告诉太守，她的夫君："为人洁白皙，鬑鬑颇有须，盈盈公府步，冉冉府中趋。坐中数千人，皆言夫婿殊。"这位白面长髯的夫婿就是我爹。故事衍化为歌，唱遍了北国，一直唱到江南。

孙权的小妹孙尚香也被打动了。争强好胜的孙小姐非要把罗敷具体化。歌里的罗敷是女人们一个遥远的梦，罗敷者人人有份，好多女人都给自己起名罗敷，丑一点的姑娘也给自己起这个名字，但没人想独吞。就像对我爹本人，女人们日夜向往他，但都不存非分之想。孙小姐就不同了，她是孙权的妹妹，兄长权倾江东威震华夏，她是三国时惟一可以把梦变成现实的女人。

有志者事竟成，我爹四十九岁那年，也就是《陌上桑》里夫婿的年龄，孙小姐见到了我爹，并成功地嫁给了他。遗憾的是，我爹不能把她带到《陌上桑》所描写的北方。我爹的军队最远只到过秦岭北麓，那里正是"日出东南隅，照我秦氏楼"的北方秦地，那里大军云集，娘娘是不能去那里的。

孙娘娘在江东娘家练就了一身好武功，喜欢舞枪弄剑，她最终没有成为军中豪杰。她那不爱红妆爱武装的侠义性格是为北方而存在的。这一点跟我爹相同，我爹做梦都在想北伐中原。

孙尚香就这样成为我爹生命里的绝唱，我爹再也没找过其他女人。我爹那颗飘忽不定的心最终落在孙娘娘身上，可谓九九归一。孙娘娘不是随穿随扔的衣服，孙娘娘是我爹生命中实实在在的大活人。

我爹把好多女人当衣服丢弃了，糜夫人甘夫人也不例外。关羽破五关斩六将送她们归队，并不能改变什么，她们在我爹心目中还是衣服。

女人是没法得到我爹认同的。

十多年流浪生涯，我爹只跟女人保持露水关系。他把女人比作衣服，既有轻蔑之意也有恻隐之心。一件衣服要穿好多年，而一个女人，他最多交往半年，一般都是两三个月。所以我爹穿破的衣服绝没有他抛弃的女人多。

衣服和女人是显示男人身份的。

6

—

司马昭说："对对，婚嫁要门当户对，官服要分三六九等，不能乱来。"司马昭沉浸在我爹的故事里难以自拔。风流韵事人人喜欢，他肯定把我爹的身份忘了，我得提醒他一下："我爹不乱来没办法，他有姓无名，姓也是假的。"

"盗香窃玉当然不能用真名实姓，你爹是个游食狗。"

"他有个好胃口，见什么吃什么。"

"他很挑剔。"

"那是后来，大部分时间他处于游食状态。"

"游食状态，绝到家了，有家有室的人反而不如他。"

"我爹一直想要个家，他四处漂泊是出于无奈。"

"阿斗你呆啊，吃饭可以在一个地方吃下去，搞女人可不能这样。你爹比你聪明，比所有人聪明。"

"你羡慕我爹？"

"他睡了多少女人呀！"

司马昭把我爹的身份给忘了，我想再次提醒他。我这人老实惯了，稍不老实就难受得不得了。

我喝一点酒，酒很快上脸，脑袋上所有的东西都大起来，包括那张嘴。我刚注意到嘴，司马昭就朝我吼一声："闭上你的臭嘴，没人说你是哑巴。"我赶紧闭上臭嘴，嘴巴里全是酒气，我只好从鼻孔里把它们放出来，给人一种愤愤然的感觉。

司马昭问我哼哼什么。你这头猪！猪不高兴的时候用哼哼来反抗，可猪吃饱喝足了也哼哼。我憋不住把这种感觉说给司马昭听，司马昭喷出一团笑声，像决堤的水很痛快。他告诉我："大福大贵的人才能睡那么多女人。老寿星彭祖娶过一千多个媳妇，彭祖自己活了好几千年。"

"我爹做皇帝后就不大睡女人了。"

"半大老头子娶孙权的娇妹该知足了，这叫宁撞金钟一下不碰瓦釜三千。"

"曹魏的江山快落到你手了，天下女人都是你的。"

"你说得不错，天下女人任我挑任我选，可比你爹就差远了。我搞一个女人就多一个骂名，哪像你爹，既能搞女人还能搞到好名声。"

"你怕别人说闲话，既要放荡一下，又要把放荡说成高尚的。"

"你他妈来洛阳才几天，就学会了竹林狂客的臭脾气，说话噎死人。"

"我没想捅你的肺管子，我不是故意的。"

"国事繁杂军务缠身，找漂亮女人放松一下总是应该的吧，怎么说是放荡呢？"

"我爹搞女人那会儿是流浪汉，上台以后很少放松自己。"

"他娶孙权的妹妹怎么说？"

"那是孔明的计谋，孙尚香死心塌地也是缘分。大将军就没遇到死心塌地的女人吗？"

"我那些女人只会笑，不懂死心塌地那一套，我也不会让她们去死。"

"孙娘娘死得很惨，吴蜀交恶她就不想活了。"

"你爹很有一手，既能让男人给他卖命，也能把女人逗起来。"

"照你这么说，这里边有个水平问题，若真是这样，将军不该杀竹林名士，他们都是这方面的天才。将军只要礼贤下士，跟他们学两手就够了。"

"我跟他们学？这帮又臭又硬的书呆子，一点也不体谅本将军的苦衷。治国平天下需要弄弄权术，完全是出于政治需要。我推尚名教，他们偏毁孔孟非周武。世家大族游宴喜庆他们也看不过眼，偏偏浪迹竹林，放荡酒肆，当众跟女人厮混。"

"原来这样，应该在深宫大院做的宫闱秘事，他们全搬到外边去了，他们也太老实了，老实到家了。"

"老实个屁，明明是恶意篡改，有这帮歹毒的家伙，本将军能安宁吗？"

"他们不是杀的杀降的降作鸟兽散了吗？"

"杀人是万不得已的事情，本将军并不喜欢杀人，尤其是名士，他们代表一种时尚。"

"他们都是老实人。"

"老实人有时候让人难以忍受，需要闭上眼睛的时候，他们偏偏要瞧个明白；需要装聋作哑的时候，他们偏要唧唧喳喳。"

"他们有点任性不知收敛自己，我也是个任性的人。"

"你跟他们不一样，你让人放心，他们老实得让人坐卧不宁。"

"就像曹髦见你，如芒在背。"

"所以我怀疑他们倾向曹魏。曹操喜欢写诗，身边出现过建安七子，读书人把他们父子引为知己，士为知己者死。正始名士以后又出现竹林名士，名士不断讨厌死了。"

"成都要有这帮人，我爹身世的秘密就会让他们抖出来。"

"读书人都是这德性。诸葛孔明很高明，他只写《出师表》不写招贤令，给你爹减少了许多麻烦。"

"我爹安心了，我可受罪了。我喜欢老实人，成都没有几个老实人。邓艾钟会代蜀的时候，别人都以为大祸临头，只有我一人把这当福音。"

"竹林七贤烟消云散，你很失望是不是？"

"人没了，神气还在。我去过郊外的竹林子，果然非同凡响。"

"我呢？威加海内的司马大将军就是凡人了？"

"你更非常人所能比。咱不比别人，就比我的相父孔明，你比他厉害多了。"

"孔明是我们司马父子的劲敌，家父都没有小看过他，何况我呢？"

"将军太谦虚了，相父用兵如神无人可比，可有一样他比不上

129

你。"

"你不要诓我，死诸葛还吓过我爹呢。"

"你知道孔明是怎么死的吗？不，不是病死也不是劳累过度，是我爹的身世。我这人心里搁不住话，干脆给他挑明了。他看了我的御笔竟然一蹶不振，命归黄泉，走了周瑜的老路。你说这绝不绝？我给你讲我爹的身世时，你也大吃一惊，可远远没到气绝身亡的程度，在这一点上你确实超孔明一等。"

"孔明真心事主，我手下就缺这样的人。"

"白帝城托孤，我爹让他看情况自立为王他不干。"

"那机会太难得了，我们司马家族有名望有军队权势赫赫，就是找不到合乎情理的借口。"

"将军为什么不学曹操？曹操从不掩饰自己的野心，反而痛快。"

"我们是世族，既要江山也要名声。"

"篡权本身就是不忠不孝不仁不义，将军偏要把这些说成合理的，又要别人对你忠孝仁义，世界上哪有这种好事？"

"怎么没有，你爹刘备就是一例。一个织席的流浪汉冒称皇室宗亲，把天下人都给骗了，连诸葛孔明都蒙在鼓里。"

"连你也蒙了。"

"你小子怎么知道你爹的老底？"

"因为我是傻瓜阿斗，没人提防我，大家都提防那些聪明人。"

"你确实被人忽略了。"

"被忽略的地方往往很重要。"

"傻瓜阿斗，你就像一座军事要塞，你他妈把孔明和司马都赢了。"

"将军言重了，我是傻瓜阿斗，我什么都不会。"

"可你会捅破不该捅的秘密，你小子迟不说早不说，在孔明卧床不起的时候说了。"

我告诉司马昭："那是我惟一的机会，错过这个机会，我就赢不了他的智慧，孔明的智慧是天下一流的。"

司马昭说："对对对，孔明的脑袋谁也比不上。"

7

一

相父的脑袋是我们那个时代最大的收获；关公之义，张飞之勇，曹操之奸，先主刘备之伪，孙权之烈，祢衡击鼓骂曹之狂都不能与孔明相比；以后的好几千年里，人们把他奉若神明视为智慧的化身。

那时，选取官吏，地方用察举朝廷用征辟，因此人物的品评鉴识就非常重要。连曹操这样好刑名重实际的人也看重这一点。曹操曾经让汝南名士许劭评论他，许劭说："君清平之奸贼，乱世之英雄。"曹操并不以为耻，反而开怀大笑。

那时，有才能的人都以名士自居；他们隐居乡野，却操纵着评论人物的舆论，互相标榜名声很大。朝廷征辟也不出仕。官员拜访，他们也不接见。

相父孔明就是南阳一带名声极广的名士，与徐元直崔州平孟公威结为密友。当是时也，颍川地界贤士云集，善观天文的人断言：群星聚于颍兮，其地必多贤士。

在破黄巾的战争中出现了一批掌握军队的诸侯，拥兵自重，分疆裂土，给天下有才能的人提供了显身扬名的机会。隐居山林的良才纷纷择主而投。

孔明和他的朋友们每天聚在一起，研究分析天下大势。研究董卓袁绍孙坚曹操公孙瓒这些乱世豪杰。

那时，曹操还没有挟持到汉献帝，汉献帝尚在董卓手里，曹操思贤若渴，求贤令一道又一道，只求一技之长，不过问品行如何。

颍川名士们不止一次收到曹操的求贤令，投奔曹操的良才确实不少。孔明和他的朋友们无动于衷。他们渴望周文王求姜子牙的义举，至少也得频频造访吧。桓灵时，晋文经黄子艾这样的混世小人轰动京师，达官贵人趋之若鹜，那派头世人难以忘怀；甚至形成一种规矩，不到那种规格就贸然出山，很跌份的。更让孔明小集团难以接受的是曹操的用人标准：惟才是举，不及其余。好像有才华的人没品行。

　　出山前的孔明可不是这样，他和他的朋友们底气很足，丰神飘逸，智慧在他们的脑袋里就像胎儿在妇人的肚子里，就像精气在少年的肺腑中，全是蓬勃欲起的样子。天下豪杰逃不出他们思考的范围，南阳小盆地聚集着中国最智慧的脑袋。若是投奔曹操，成功的可能性几乎是百分之百，可那样一来，智慧就显示不出它应有的张力。太容易的成功只对人有利，对人有利的任何事情都是对智慧的亵渎。所以大家压根儿就没考虑曹操，这位勇武豪迈的豪杰在名士们的肚子里咕咕响几下，就悄无声息了。孙坚孙策有江东河山之利，也属容易成功的一类，对智慧有所损伤。

　　他们追求的是一种纯粹，绝无功利目的。这样一来，天下所有的名士和俊才都会黯然失色。这种愿望在他们心里藏了很久，大家在一起高谈阔论时它才逐渐明朗化。大家的欣喜之情是可想而知的。愈是欣喜，对纯粹的追求愈是执著。他们就这样把焦点落在刘备身上。

　　先主刘备除了皇族身份外什么都没有，而且汉室将倾，独木难支。孔明说："投刘备无异于逆水行舟。"大家马上回答："逆水行舟才能显示身手不凡。"孔明和他的朋友们朗声大笑。后人所看重的隆中对，在先主三顾茅庐前成形于名士的笑谈中。名士们笑的是自己独到的智慧。笑过之后，大家都不吭气了。

　　徐庶入曹营前告诉孔明：我把你推荐给刘备了。孔明在草庐中一直等这个消息。梦幻成真的时候，他应该从容一点，大方一点；没想到他会失态，一下子把戏演过头了。他愤然起身："你怎么能把我当供品献给刘备？"

徐元直羞愧而退，离开卧龙冈。

聪明人办事是不留痕迹的。孔明不但留下了痕迹，把话都挑明了。智慧的孔明就这样做出很不明智的事情。

智慧刚露面就变成了小聪明，跟耗子尾巴似的刷拉那么两下，把他丢在水深火热中，消失得无踪无影。

这不是个好兆头！孔明沮丧得不得了。

先主刘备是他惟一的一次机会。连他也没想到他会有这种乖戾的老姑娘心态。

8

在刘备拜访的日子里，孔明烦躁不安。朋友们不请自到，连岳父黄承彦也来看望他。他问大家这是什么意思？难道我病了？大家告诉他：你病得不轻呢。他要找医生。大家告诉他：有个叫文挚的医生，专门治这种病。

"他来了没有？"

"他有个习惯，对不上号他不来。"

大家给他讲名医文挚的故事。有个叫龙叔的人去求医，文挚不看病，先让龙叔讲自己患病的症状。

龙叔说："我受天下人称誉，不以为荣，国家遭到毁灭，我不以为辱，获得而不欢喜，丧失而不忧虑；视生如死，视富如贫，视人如猪，视己如他人。住在自己家里，好像是在旅馆；看自己的家园，好像是偏远荒野。这些病症，爵位权势不能劝止，酷刑严罚不能威服，盛衰利害不能改变，喜怒哀乐不能移易。当然就不能服侍国君，交代亲友，管教妻儿，控制奴仆。这是什么病呢？什么药能治好它？"

文挚让龙叔背向光亮站着，他在后面对着光线仔细观察。过了一会儿，文挚说："我看见你的心啦！心快要空了，你快要成圣人啦！你的心中，六孔已经流通，还剩一孔没有畅达。你的病根就是这种圣人的智慧，就是这最后的一个小孔。"

孔明沉醉在故事里难以自拔，他要医生把最后那个小孔打穿。大家告诉他："打穿那个小孔，你就见不到刘玄德了。"大家告诉他："刘备刘玄德明天要来卧龙冈。"

孔明安静下来。人一安静，脑子就清醒。他明白大家的好意。辅佐刘备本来就是要失败的，没有龙叔那道行，是无法承受这种悲剧的。

智慧是一种病。

这是《列子》里的名言，文挚龙叔都是列子列御寇笔下的人物。好几年前孔明给大家讲过这本书。孔明说："我讲过吗？"大家肯定他讲过。孔明大吃一惊。

窗台那摞尘封的古书里果然有《列子》。不但书壳封满灰尘，书页里也有浓烈的霉味。再好的智慧搁书里也会发病。大家劝他不要这样想，智慧本来就是病的。智慧能打开所有的塞子，就是打不开心灵中第七个洞。智慧是有死角的，那个死角偏偏处在最要命的地方，这是没办法的事情。

孔明和他的朋友们就这样解脱了。他们开始筹划明天如何接待刘备刘玄德。要搞得智慧一点。孔明打个手势：就是自然一点大方一点，从容安详沉着一点。

举世闻名的草庐访诸葛就这样开始了。

先主刘备刚要动身，门外便有异人求见。来人峨冠博带，若闲云野鹤，潇洒之极，自称司马微，是来看好友徐元直的。

先主嗟叹不已："元直走之前向我推荐南阳孔明，孔明这人咋样？"司马先生怪怪地笑道："元直要去自己去行了，何必惹孔明出来呕心沥血。"

先主胸中的熊熊大火没有被冷水浇灭，反而甚嚣尘上，把苍穹都熏黑了。先主结结巴巴，责问司马先生：何出此言？司马微便把孔明吹了一番。先主胸中那把大火，刚遭水淋又逢劲风，火势再次高涨。

司马先生吹完牛皮，出门大笑："可怜孔明，得其主不得其时。"

那天，先主带关羽、张飞来到卧龙冈，山坡上耕地的农民发现有骑马的将军，便开始唱歌：

> 苍天如圆盖，陆地似棋局。
> 世人黑白分，往来争荣辱。
> 荣者自安安，辱者自碌碌。
> 南阳有隐居，高眠卧不足！

张飞大叫："种田的农夫，文绉绉地唱歌，肯定是人教的。"

先主勒马问农夫："唱的是不是乡俚曲谣？"农夫说："卧龙先生教的。"张飞面有讥色。先主说："圣贤之德化及四方，连粗人都这么斯文，可见孔明先生的高义。"张飞说："我总觉得孔明有点皱，像老头的卵子皮。"先主问农夫："孔明先生多大年纪？"农夫说："刚娶媳妇的小伙子。"刘备责怪张飞："贤弟听见了没有，孔明先生这么年轻，怎么能跟老头比？"关羽大笑："兄长想孔明想糊涂了，卵子皮不分年龄大小都是皱的。"先主语塞，策马上路。

卧龙庄到了。先主下马叩门，告诉书童："汉左将军、宜城亭侯、领豫州牧、皇叔刘备特来拜见先生。"书童说："我记不住这么长的名字。"先主干脆脱个精光，赤身露体直截了当："你只说刘备来访。"书童说："先生来去无踪，不知何处去了。"先主怅然若失。关羽说："这全是姜子牙钓鱼的勾当。"先主说："能被先生钓住，是我刘某的福气。"张飞说："姜子牙还有一根钓鱼竿，孔明先生有什么？"关羽指着童子说："孔明先生有这个。"

先主说:"干吗要把话说破。"先主对书童说:"我兄弟是粗人,言语鲁莽,你不要见怪。"童子说:"我不见怪。"先主得寸进尺:"也不要把这些话告诉先生。"童子说:"当然不能告诉先生。"

离开草庐,先主说:"姜子牙的钓竿是死的,孔明的书童是活的。活人好说话,小童子一定会在孔明先生跟前为我们美言几句。"关羽说:"我们还会碰上大活人的。"先主直立在马镫上四处瞭望。关羽说:"兄长不要急,不到时候他不会露面。"

先主和他的把兄弟驱马而行。隆中景物柴薪般燃亮起来。周围的山不高而秀雅,桥下的水不深而清纯,道旁的地不广而平坦,坡上的林不大而茂盛;猿鹤相亲,松竹交翠。关羽悄悄告诉先主:有人来了。张飞低声说:他肯定是孔明的朋友。

松竹交翠的地方果然飘出一个人来,容貌轩昂,风姿俊爽,年纪轻轻却手持黎杖,张飞说:"天下名士都这德性。"关羽提醒先主:"不要说是孔明的朋友,假戏真做。"

先主牢记在心,急忙下马施礼:"闻名天下的卧龙先生一定是您了?"来人不说自己是谁,偏要问先主是谁?先主说我是皇叔刘备。来人说:"卧龙不是我,我是卧龙的朋友。"先主又是搓手又是惊叹:"呀!您是卧龙先生的朋友,这太好了。"关羽说:"您多少有点龙气,快跟我兄长谈谈。"龙的朋友这才自报家门,他叫崔州平,也是鼎鼎有名的一个人物。

崔先生把先主领到林中一块大石头上,开始滔滔不绝大谈特谈。那都是一些令人丧气的话:天下由治而乱,重整基业如何艰难,孔明斡旋天地补缀乾坤如何劳而无功,即使刘皇叔得到孔明,孔明也是得其主不得其时,说穿了,孔明出山投先主等于跳火坑。听得先主目瞪口呆,手脚发凉。崔先生心满意足抬屁股要走,先主抓住他的袖子,求他去新野小住。崔州平客客气气婉言谢绝:"愚性闲散,无意功名。"跳下大石头扬长而去。

过了几天,先主带关羽张飞又去卧龙冈。过酒店时里边有人引吭高歌,仔细一听,是唱给先主听的。歌词大意是:壮士豪杰如何成就霸业，周文王如何求吕尚，高祖刘邦如何得张良："两人非际圣天子，至今谁复识英雄？"张飞一跳老高："俺哥哥识英雄。"先主说："三弟不是给我难堪吗？"

先主下马进店，以为卧龙在此。喝酒的人不说他自己是谁，偏问先主是谁？先主说我是皇叔刘备，汉室快完了，求孔明出山济世安民。喝酒的人说我们是孔明的朋友，颍川石广元，汝南孟公威。先主欣喜异常，让出关羽张飞的坐骑，敢请二公同往卧龙庄长谈。二公都说他们生性慵懒，不省治国安民之事，说完就走。

关羽说："大哥只想闻闻他们的龙气，他们就自以为了不起。"

张飞说："有个鸟龙气，我闻半天，全是酒气。"

那正是隆冬季节，朔风凛凛，雨雪霏霏，先主到卧龙庄见到孔明的弟弟，回来时又碰上孔明的岳父黄承彦。

冬天就这样过去了。

从秋天访孔明，访到的全是孔明的亲友。擂的全是边鼓，擂不到鼓心。

新年过得清汤寡味，张飞醉了三回，醉了就骂孔明不是好东西，假正经，卵子皮。关羽也说："孔明的褶儿太多了，人没褶儿不聪明，褶儿太多就皱了。"

先主说："二弟呀，你怎么也学三弟的样子，三弟是个粗人，你可是读过《春秋》有韬略的人啊。"

关羽说："事不过三，大哥你算算你去了几回？《论语》里讲：事君数，斯辱矣。"

先主说："心诚则灵，大哥我从没想过个人荣辱。"

先主无奈而又悲壮，关羽只好埋头喝酒，刘、关、张全都醉了，哇哇大吐，一塌糊涂。

卧龙庄上，朋友们也提醒孔明："刘备数次受挫，绝望了不来怎么办？"孔明关心的不是这个，他告诉大家："刘备的胃口已经吊在大顶上了，他还会来的。"大家冷笑："胃口吊太高，胃会变成雕飞到别处去落脚。"

孔明说："徐元直进了曹营，刘备跟前全是白面书生，你们想想，天下之大，他不落在卧龙冈落在哪里？"

大家说："卧龙凤雏，得一人可得天下。"

连孔明自己也把襄阳名士凤雏庞统先生给忘了："我不是有意遗忘凤雏庞统，因为卧龙凤雏是合二为一的。"大家说："他是他，你是你，你能把他兼并了？"孔明说："龙凤相配，我落哪他落哪。"

从理论上讲是这样的：有龙就有凤，凤是给龙当配角的。

大家拿凤雏庞统煞孔明的威风，反而让孔明锐气大增。大家等待孔明的狂态，等好半天，大家失望了。因为孔明看破了大家的心思，反其道而行之，异常冷静。他告诉大家："我可能很自负，但绝对不张狂，更不会狂癫。"大家说："狂癫是名士本性，你完全可以癫几下，轻易放弃，后患无穷。"孔明沉默不语。大家明白了：不是孔明不癫狂，是癫狂这个念头让别人抢先了；孔明只做自己先想到的事情。

大家后悔得不得了，他们那时候应该装疯卖傻，让孔明当一回聪明人。孔明问人家想什么？谁也不敢说我们后悔了。孔明说："我担心的不是刘备来不来，而是我这种做法有没有破绽。"

大家扳手指算刘备来访的次数，早超过二次了。世人皆知的三访草庐纯属传说，先主至少去了五六次。三是个虚数，言其多也。孔明说："刘备来一百次，也是三次，三是个吉祥数，大家都能接受。"

朋友们说："既然这样，你担心什么？"

孔明说："才能有智慧和聪明之分，我这种做法属于智慧还是属于聪明？"

朋友说："比聪明强比智慧差。"

孔明大叫："你们真会说话，原来我比智慧差？"

朋友们百般劝慰，孔明的鼻孔还是那么大。朋友们说："发发火就好了，不要压抑自己。"孔明冷笑："女人生气才使性子，你们把我当什么人了？"

孔明干憋着。从那时起，他就养成了这种习惯，压抑了一辈子。

就这样到了春天。先主揲蓍媒占卜，选择吉日，斋戒三天，薰沐更衣，以敬神之道敬孔明。关羽张飞火了："他又不是咱的亲爸爸，这么敬他？"先主正色道："天地君亲师，不敬他敬谁？"关、张还是愤愤不平。先主说："龙潜于冬起于春，惊蛰之日正是访卧龙的好日子。"

两个把兄弟咋都解不开这个疙瘩。先主拉他们坐下，边喝酒边闲谈。谈的是早年的风流韵事。关、张这才松一口气。先主笑道："二位贤弟把大哥我当流氓了。"关、张说："没三分流气干不成事，大哥是真豪杰。"先主很受感动："你们这么想我就放心了。"先主说，"第一次跟贵妇人私通，交往半年多还没上床。"关、张叫起来。先主说："感到惊奇了吧？"

"惊奇个屁！你无能！"

"跟贵妇人私通就通这软磨硬蹭；她们的魅力不在床上，在架子上在气派上。她们跟村妇不一样，村妇喜欢你，可以直接跳窗户上炕，刀子见红。贵妇人喜欢的是风月：眉目传情三个月，相思传书三个月，花园幽会三个月；进卧房还不能急，要耐着性子卸妇人的簪子钗子，光那罗裙就有十八道。"

关、张啧啧啧："这多熬煞人！"

先主说："美味佳肴跟粗茶淡饭的差别就在这里。天子御宴的一块点心最少也要三十九道工序，高贵的玩艺儿从来都不简单。大哥我半年多搞一个贵妇很划算的。大哥治国平天下的本领就是这样学到手的。大哥我要是一辈子跟村妇打交道，能有长性吗？"

张飞哈哈大笑："床上的学问这么大，兄弟原以为打天下有丈八蛇矛就够了。"先主和关羽一齐拍三弟的肩膀："三弟你才开窍啊！"

关羽说："访孔明整整九个月，贵妇人的派头架子都端起来了，大哥你就上吧。"

张飞说："上马上马。"

卧龙庄则是另一番景象，朋友们以为刘备不会来了，都责备孔明拿架子拿过头了。孔明不以为然："刘备连这点挫折都受不了，怎么能承受我们的智慧？"孔明告诉大家，"不是我爱端架子，是智慧这玩艺儿太高贵了，高贵的东西总是熬人的。"孔明相信刘备一定会来，而且咬定就是今天。

"你们知道今天是什么日子？今天二月初二。"

"二月初二怎么啦？"

"惊蛰啊！惊蛰就是龙抬头，刘备不会不知道这个日子。过了这一天，我就不出山了，蛰伏一辈子，历史将是另一副样子。"

这时童子来报：庄前大道上出现一队人马。孔明忙问："几个人？""三个。""刘、关、张三兄弟。"孔明环视众人，眸子贼亮，大家钦佩他料事如神。孔明说："还有一桩事放心不下，刘备前几次来，咱们总是不够智慧。"

大家说："刘备猴急，辨不清的。"

孔明说："瞒得了刘备，瞒不过关羽。关羽读过《春秋》，那里边讲的全是微言大义。"

大家说："跟刘备谈又不是跟关羽，用不着那么紧张。"

孔明反而更紧张："隆中对事关天下格局的重新划分，这种时候不智慧一点，我们永远就智慧不起来了。"

大家心里凉了一半，因为今天是压轴戏，很难改变局面。

按照计划，刘备进庄，朋友们要散开，压轴戏由孔明独唱。

大家刚离开，刘、关、张就进来了。孔明侧身假寐，先主叩门，童子告诉先主："先生睡觉呢。"关、张说："大白天睡懒觉。"先主说："卧龙卧龙就妙在卧上。"

先主吩咐关、张在门外等待，自己轻手轻脚入内室。草堂几席上果然挺着一个白面书生，鼻翼轻轻扇动，气息微微，徐缓有致。

张飞耐不住要放火烧房子，关羽百般劝阻，张飞越嚷声越大："他不是卧龙吗？龙怕的是火，大火一烧，他就不卧了。"

孔明就是那个时候开始怀疑自己的，他的智慧在火，漏洞也在火。他和他的朋友从来没想过这个天大的缺陷。猛张飞一咋呼，反倒咋呼到点子上了。

孔明头皮发麻，全身痉挛，忽地坐起来，先主以为孔明醒了，上前施礼。孔明何等精明，伸胳膊打哈欠又软塌塌倒在枕上。当然是面朝墙壁，因为慌乱之色全在脸上。

孔明是那么沮丧，唏嘘发冷，恐慌孤独。刘备就在后边等着。弄湿眼睛可就糟透了；趁着打哈欠，用手摸一下，眼窝干干的，只是有点烫，真是不幸中之大幸。

智慧一旦蜕化成聪明，反而显得比智慧更强大更有力。

孔明不知不觉吟出美妙的诗句：

大梦谁先觉？平生我自知。
草堂春睡足，窗外日迟迟。

这回他彻底地清醒了，不再奢望什么智慧。所谓大梦觉醒，全在自己心中。他假装看不见高大魁梧的先主，问童子："有俗客来否？"先主没想到孔明有这一手，先主已经上前施过礼，通报过高名大姓了，孔明非要从童子那里过一遍。童子说："来的是皇叔刘备。"孔明责备童子不早通报，还是看不见先主的存在，径入后堂更衣，更了好半天。

恍惚之中，先主想起当年会贵妇人时，也是如此这般瞎折腾。

贵妇人解衣宽带后，还要换衣服，一换就要好半天，弄得他心急火燎。等干正经事的时候，他一下子变笨变拙了，连门都找不到，像个初试云雨的毛头小伙子。贵妇人把他当童子鸡，手把手教他，把他领入一片新大地。

风月老手变雏鸡，以前与村妇的老经验全都失去效力，先主遇到了新问题，先主就笨了，笨成了毛头小伙子。

贵妇到底是贵妇，几个漂亮动作就让先主改天换地了。

先主跃跃欲试，野心和欲望一下子被挑起来。

先主就是在贵妇身上，从地痞流氓变成雄心勃勃气吞山河的豪杰。

先主相信孔明也是这样的人，可以改变他的困境。孔明果然口若悬河滔滔不绝：孙权不可取可结为联盟，曹操不可取而应当讨伐；北让曹操占天时，南让孙权占地利，皇叔您取荆襄西川占人和，成鼎足之势然后图中原。

盘棋算得停停当当。

先主惊呼："吾得孔明，犹鱼得水也。"

孔明微微一笑："亮善用火不善用水。"

"先生不是龙吗，龙待在水里呀！"

"水火不相容。可聪明人之所以聪明，就因为他善于把不相容的东西联在一起，天衣无缝。"

孔明从此以聪明人自称，不再言及智慧。

第 六 部

1

四川人的灾难早在南阳卧龙冈上，相父孔明给先父刘备制定
建国方略《隆中对》的时候就开始了，大意是西川刘璋懦弱无能，
沃野千里，富甲天下，可以立国，再派一上将，出河南宛洛可以
定天下。在相父孔明的宏伟蓝图中，宛洛百姓会翘首以待，烹羊
宰牛夹道欢迎。关羽确实进兵宛洛，连连取胜，可老百姓并没有
夹道欢迎，关羽的威名没有取得预定的效果。中原百姓免去一劫。
复兴汉室的大业只能在四川了。

四川汉中一带大概是战乱年代惟一保持和平的地方。黄巾起
义也没有波及到四川汉中。据说汉中张鲁创五斗米教，以老庄的
无为治理地方，赈济难民。四川刘璋胸无大志，只有小志，守住
四川，赋税很轻，百姓安居乐业，任你中原大地虎突狼奔，血流
成河，人家刘璋根本无心于帝业，更无心于中原。这个时代，人
人都想称王称霸，都想干一番惊天动地的大事业，都不想好好过
日子。这种时尚自然波及四川，战火无法到达的地方，时尚很容
易传过来。刘璋手下就有张松法正一伙子胸怀大志的人，早就不
满主公刘璋的平庸无能。曹操大喊一声，刘璋就吓得发抖，派张
松去许昌见曹操。张松准备出卖刘璋，暗带四川地图。曹操刚刚
打败袁绍，一下子就骄傲起来了，不把张松看在眼里，张松其貌
不扬，需要明主礼贤下士。张松作弄了曹操一顿，跟好朋友法正
一合计就把四川地图献给了先主刘备。刘璋和四川百姓就这样被

这个记忆力特别强的丑八怪给出卖了。这是干大事的人最基本的德性。献了地图还不算，还要做内应，以求个人利益最大化。事泄，被杀。这并不影响先主刘备和相父孔明西取四川的计划。西川地图在手，山川形胜关隘驻军尽在军师掌握中。一旦开战，如庖丁解牛，游刃有余。这还不算，更有利的时机来了，受曹操压迫，汉中张鲁派马超入川，以西川做后方抗击曹操。张松法正献地图的时候，就给刘璋出了馊主意，邀先主刘备入川助战。这基本是一个引狼入室的计策。先主不但要入川，还要入成都，取刘璋而代之。建国方略上是这么计划的，实施起来就有些困难。地图有了，军队也开进来了。人家刘璋是以皇室血缘关系邀请的，都是皇族。先主刘备得哭上一阵子。相父孔明心知肚明，与先主一唱一和，一来打消先主的心理障碍，二来让天下人看清楚，先主刘备多么仁厚，多么慈祥，哭了又哭，诸葛孔明这张舌战群儒的利嘴都劝不住哇。还真把刘璋给哭软了，刘璋主动投降，这是后话。大家该明白了吧？阿斗跟刘璋心气相通。阿斗大半生在四川度过。阿斗亲眼目睹了富庶的天府之国在相父孔明的治理下，民不聊生，饿殍遍野。四川本来是个过日子的好地方，少不入川嘛，日子可真是太安逸了，川菜品种有数百种，物价又不高，川妹子好耍哟。一旦开仗，连年不断地征战，与强敌抗衡西川就撑不住了。西川的老百姓怀念刘璋那个安逸的时代。先主刘备和相父孔明做梦也没有想到阿斗刘禅会是刘璋第二。有爱打仗的就有不爱打仗的。相父孔明苦心孤诣设计的《隆中对》在四川彻底失败了。折腾了一辈子，那个狗屁《隆中对》根本就不合西川的实际情况，强加给川人的伟大梦想最终变成一场闹剧。阿斗结束了这场闹剧。我是喜欢四川的，喜欢川人的幽默，喜欢川菜，喜欢川妹子，喜欢四川悠久的和平传统。开天辟地以来都是人家进攻四川，四川人从来没有出川去打过别人，从老祖宗那里就没有战争的观念，只有过小日子的美好的传统。阿斗我才是真正的四川人。先父不是，相父孔明不是，五虎上将更不是，姜维、钟会、邓艾也不是，他们就不是过安逸日子的人。他们是祸害四川来的，最后都成了过眼烟云。我离开四川被押往洛阳的时候，我心里默默地告诉四川百姓：噩梦结束了。川人太让我感动了，邓艾和钟会打算在四川据地称王，以展鸿鹄之志。卫瓘贴几张告示，就把邓艾钟会挫败了。川人不合作。川人厌战。明眼人在四川的大街小巷转一圈就会明白，这里的一草一木散发着一种祥和的气息。生活的洪流那么顽强，那么坚韧，缓缓地、坚定地向前涌动着，川江号子、叫卖声，滑竿、竹子背篓，最终淹没了刀枪剑戟，淹没了野心和阴谋。前无古人，后无来者，先主刘备相父孔明率领的一群孤魂野鬼最终从西川消失了，好像没有存在过一样……阿斗在这里享过福，吃过、喝过、玩过，留下了美好的记忆。

2

虽然我怀疑先主并不是皇室，但先主确实有汉室遗风。我们汉室所有的皇帝都一个脾性，喜欢姜妇似的文人和军人。即使真正的血气之人，先主和相父都要对他们进行加工改造。最引人注目的是对马超的改造。无论从哪个方面看，马超与李陵都很相像。都是将门之后，其骁勇剽悍天下闻名，且都是关陇人氏。李陵祖籍天水郡，马超的祖先伏波将军马援祖籍扶风郡。马氏后代后来流落陇上，与羌族交融，称雄于羌地。马超的一世英名是与曹操打仗时打出来的。

马超入川是不是一个错误？

以马为姓名，又以马纵横天下的少年英雄何以消失在西南的群山里？他那匹神骏，在汉中西南一隅或忧郁而死，或退化成一匹骡子或驴子。那里绝不是马的存身之处。

我的眼前不断闪现出先主那张复杂的笑脸和孔明那把洁白轻柔的鹅毛扇，多少血性男儿在这张笑脸与绵软的鹅毛扇下委顿了。

皇帝不再动用刑具，完全用另一种文明的手段来阉割生命。我们蜀汉虽弱，但在政权的管理上，比汉武帝大大进了一步，在三国中也是最先进的。宫廷政变以及大臣出格的事情，我们这里从来也没有，也不会有。我们蜀国就是把龙变成虫的地方。

阿斗我后来跟司马昭闲聊时谈到这一点。阿斗我告诉司马昭：将军的手段与先主与孔明如出一辙。司马昭很吃惊，司马家的人怵孔明。司马昭谦虚地说："你抬举我了，我父也不敢与孔明比。"阿斗实话告诉他："将军让邓艾钟会伐蜀，可谓知人善任，邓艾钟会智勇双全，天下无人可比，是少有的英雄。将军高明就高明在用卫瓘监军。"司马昭叫起来："卫瓘是侥幸走运，实不相瞒，我的大队人马在长安虎视眈眈瞧着呢。"阿斗挥挥手："真英雄入川，很惨的，只有虫子才有作为。你那位卫瓘本来默默无闻，一到蜀地换了个人似的，神灵附体，几个漂亮动作就把邓艾父子和钟会治趴下了。这是个以英雄血而留名的虫子。"阿斗不敢再说了，阿斗肚子里的话是这样的：您司马将军将要建立的王朝也是个虫子王朝。您与先父刘备以及汉室的列祖列宗都是一个样，就是剿阉生命，给英雄放血。作为刘备的儿子，我来到司马将军身边，从道义上讲是一种庄严的回归。我怎么能不高兴呢？我乐不思蜀就在于此。我说了一句大实话，你们就笑，我给你们讲故事，听了我故事的人还笑不笑我？司马昭说："你小子嘀咕什么？"

"我快乐，将军，我真的很快乐。"

"你不要蒙我，说实话。"

"我想先主入川的情形。您不要误会，不是我思蜀，我一思蜀就难受，真的，我想起凤雏先生，老实告诉您，凤雏的死因很值得人怀疑。"

"他可是个人才呀。"

"人才需要加工改造，先主加工得有点过头。"

那时，先主尚未称王，但皇帝的心理素质已经具备了，他已经是个很成熟很老辣的皇帝，就治人之术而言，远远超过汉室所有的前任帝王。当凤雏以先秦游侠和司马迁自喻时，先主心里便蹿起一把无名火，那一瞬间，先主似乎接通了汉室前任帝王的某种暗示，先主不愧为汉室后裔，先主也庆幸徐庶投了曹操。徐庶徐元直要留在汉营，就很容易跟凤雏结为一党，那样一来，先主心爱的诸葛孔明就显得跟太监一样了，这是伤人面子的。从事低贱行当的人最忌讳这一点。当是时也，士人沦为妾妇不久，敏感乖戾，心理承受能力极差。三顾茅庐孔明使小性子就是一例。可以说先主对孔明是体贴入微的。先主对女人也没有这么细心过。他的几任夫人不是枯萎就是出走不归，这多少与他把对妇人的挚爱移情孔明有关系，先主与孔明这种鱼水似的君臣关系成为后世标榜的楷模。

先主何等精明，他完全知道该怎样处置庞统让这只凤早早落下来，他心爱的卧龙先生才能卧好，卧舒服。

庞统丝毫也没有感觉到这种危险。他的马也觉察到了，马忍受不了如此精致的阴谋，打战发抖，将庞统掀下马背，四蹄乱蹬，怒视先主。先主大吃一惊，越吃惊，那马越疯狂，马眼又大又亮，快要把眼眶撑破了。

先主有点丧心病狂，他必须制服这匹疯马。疯狂往往是一种罕见的清醒。竹林名士的狂态就是我们时代的一大奇观。我们蜀国没有出现这种情况，就是因为这匹马提醒了先主，先主处心积虑进行了预防。在我们蜀国，任何标新立异的事情都不会发生。不会出现击鼓骂曹的祢衡，连张松那样的巧嘴八哥也都绝迹了。因为战争的需要，像魏延这样骁勇而不怎么守规矩的人勉强可以存身，但魏延始终被排斥在核心集团之外，魏延的军功不在五虎将之下，甚至要比他们高一些。但魏延属于加工改造不彻底的人，后脑勺是尖的，先主与相父总不信任他，尤其是五虎将死后，蜀中大将只剩他一个，他的用兵方略总是对准魏国要害处，相父总是不听他的建议，反而认为魏延有异心。相父死前也不放过他，相父临终的妙计，专门对付两个人，一个是巧杀魏将张郃，一个是巧杀蜀将魏延，至此，相父与先主那套完整的对人的改造趋于完美。

现在，先主面对的就是这样一匹疯狂的骏马，先主恨之入骨，他却对它亲热有加。他走过去抚摸马的眼睛和脖子，直到嘴巴。

先主表示亲热的第二个对象就是庞统军师，先主责怪自己对军师照顾不周，军师骑这种劣马是主公我的失职，咱们换一下。先主把自己的坐骑"的卢"让给庞统。庞统就这样被打动了，受激情支配的人会远离智慧。谁都知道"的卢"马会害人性命，可这马是先主骑过的，在檀溪绝境救过主人。先主告诉庞统："这匹马最善于在绝境中救人，先生尽管放心去吧。"

庞统进了川将张任的埋伏圈。"的卢"马和它的主人沉醉于先主的洪恩，毫无防备。川籍将士提醒庞统，这地方叫落凤坡，庞统的眼瞳一下子大起来，简直像只马眼……箭矢密如飞蝗，挺在庞统身上轻轻摇晃，就像沃野上新长的庄稼。

征服蜀川取得决定性胜利的时候，诸葛孔明的脸上露出盼望已久的神情。占地莫如占人，把人调教好比什么都重要，令人兴奋的是在进军过程中就完善了治人的种种措施。

多少年后，先主这个秘密被马谡无意中窥破，孔明伐南蛮，马谡提出：攻心为上，攻城为下，对蛮主孟获七擒七纵，大获成功。马谡并没有意识到这个计谋与主公刘备的心态暗合。君主的内心世界跟闺房一样不能透一丁点风。这是很危险的。先主白帝城托孤时留下遗嘱：务必注意马谡。孔明已经被先主骑熟了，先主有什么不放心呢？被骑熟了的孔明已远离智慧，醉心于小打小闹的八卦阵，醉心于那些精巧奇妙的小战役。一句话，他成了聪明的化身。气壮山河的大动作再也做不出来了。比如赤壁大战，那还是跟周瑜鲁肃他们合作搞的，是集体创作。整个三国时代，属于他自己的大战几乎没有。曹操有官渡之战，小小的陆逊有火烧连营寨。他只有川陕群山里那条小小的栈道，像孩童手里的玩具，打磨得很光滑很精巧。每次出征，只能取得一些看不见的胜利，达到一种宣传效果，又被司马懿赶回去。那时，猴子们便一声接一声叫起来，泣血的杜鹃一群群飞过来，它们都是来强化这种悲剧气氛的，它们总是把蜀川的一山一水搞得那么凄惨。

他一次次沿嘉陵江北上，每一次都很庄严都很辉煌，等到了北方到了渭河边，凛冽的西北风就把他吹僵了。

他不怕司马的大军，他怕北方的风。

3

渭北高原的朔风不由你不发抖。穿皮袄不顶用，而且惹人注意。最好的办法是改变居住条件。

起先他住在密不透风的帐篷里。马超将军特意从羌人那里弄来厚厚的毡毹，朔风被隔开了，它们的声音依然那么强悍，令人心惊肉跳。到晚上，它们发出各种怪叫，犹如漠北大野上疾驰的老狼。

羌族将士给孔明介绍西域的地窝子，那是一种宽敞的地窖。在地上挖一个大坑，用圆木和苇子盖住压上厚土，里边冬暖夏凉。

负责这项工程的校尉体谅到军师的苦衷，将住室前边铲平，坡度极为平缓，根本觉察不到中军帐设在地窝子里。

这并不能消除军师的烦恼。孔明何许人也，他马上联想到劁人的蚕室。那是阉人住的地方。生娃娃的娘儿们都比他们强。产妇虽然弱不禁风，可她们毕竟住在地上。被劁过的人，需要在阴暗潮湿的地窖里苟延残喘，等捡回那条虫子般的小命才能重见天日。

阉人的自救办法是侍奉主子，当太监。太史公马迁寄情于笔墨，即使当了侍书（即秘书），也不改初衷。

孔明小心翼翼挥毫为文，毛笔软塌塌的根本硬不起来，非五脏真气运作不可。即使写不出《史记》那样的皇皇巨著，至少也要把曹操曹孟德比下去。曹操的诗苍凉豪迈，身边还聚着一群文人，即建安七子，那都是名震天下的大才子。

孔明苦熬几昼夜，遗憾的是笔端没有出现赤壁大战那样的奇迹。可那已经很了不起啦，前后《出师表》不但名噪一时，而且载入文学史册。所谓读《出师表》不动心者是为不忠。

《出师表》一字一句全是对我阿斗的一片忠心。

平心而论，这是一篇事与愿违的文章。孔明的初衷绝不是奏表之类的行走公文，他肚子里沸腾的一定是曹操的《观沧海》《龟蛇寿》《短歌行》那些真正的诗篇。他没有把曹操比下去，他比下去的是另一个大才子司马相如。司马相如的《上林赋》《子虚赋》跟《出师表》一样，倾诉的都是对汉室的热爱与忠诚。可《上林赋》《子虚赋》除了华美的辞章毫无真情可言，不像《出师表》那样感人肺腑催人泪下。

我想那不是才气大小的问题，而是环境的变迁。汉武帝是什么时代？先主刘备又是什么时代？汉大赋只能产生于盛世，《出师表》里的赤胆忠心多少有一点哀伤的亡国之音。

说不清是第几次北伐了。每次大战总是捷报频传，将士们的笑颜保持不到一个时辰，又会接到撤退的命令。老兵们已经习惯了：孔明善于打许许多多的胜仗，司马懿善于打许许多多的败仗；司马懿越败越勇，孔明越胜越惨。

司马的军帐依渭水而设，绵绵不绝，跟布带子一样把秦岭以及祁山扎捆得结结实实，密不透风。按理说蜀人是极识水性的，可到了渭水边就没戏唱了，弄得蜀兵反而怕水。将士们议论纷纷，他们猜测军师在南阳待太久了，那里都是土山，山总是呆板生硬的，即使有几条溪水，溪水能干什么呢？顶多钓几条小鱼小虾小蝌蚪。

军师应该有水的智慧。军师的老家在胶东半岛，那里濒临大海，是真正的水的世界。仁者乐山，智者乐水。谁也弄不清军师是如何与水绝缘的，连军师自己也弄不清楚。

有一天，老兵们跟当地老乡闲聊，得知营寨下边的小溪是当年姜子牙钓鱼的地方。老兵们把这个喜讯告诉孔明。孔明浑身一抖，快步下山。

那条小溪从秦岭里流出来注入渭河，姜子牙钓鱼的地方是一块大石头，盘在溪中，水浪簇如白雪，急流如箭。老乡告诉孔明：这叫蟠溪，蟠龙卧虎的意思。溪水七转八绕，就成了这种急吼吼的样子。

姜子牙坐过的大石头便是有名的钓鱼台。

孔明很想上去坐坐，试了几次都没有成功。随行校尉用山石填路也不行，面盆大的石头随水漂走。校尉要背孔明过去，老乡说："弄湿衣服就不灵验了。"

校尉说："我们军师当世无双，只有古代的吕尚张良可以跟他相比。"

老乡说："张良来过，在这坐了一宿，到山那边住下了。"

那地方叫留坝。高祖刘邦派人来找，只找到张良住的草屋。高祖让人把草屋改建成张良庙。张良躲在山里不再露面。

校尉问老乡："是这座山吗？"

老乡说："就是这座山。"

校尉说："这座山有什么了不起，我们军师出出进进好几回了。"

老乡说："多了就不灵验了。"

校尉跳起来："你说我们军师不灵验？天下谁不知道孔明能掐会算？"

老乡说："江山那么大，掐掐算算搬得动吗？掐掐算算是哄娃娃的。"

孔明的忍耐心是有限度的："文王演《周易》，演的就是未卜先知。"

　　老乡比他还倔："你也演上一套来，你当八卦容易吗？文王演了好几年哩。"

　　校尉说："你当我们军师不会演啊，我们军师军务缠身没工夫，稍有闲暇演一套给你看看。"

　　老乡扬言："我等着开眼呢！"

　　校尉要揍老乡，孔明拉上校尉急急赶回军帐。孔明告诉校尉："多亏老乡恶语相激，把我激灵醒啦。"

　　闻名天下的八阵图就是这样产生的。

　　那段时间，蜀兵大营深沟高垒坚守不出。司马懿觉得奇怪，孔明从来都是好斗好动先发制人，深沟高垒不是孔明的做派。

　　司马懿上表魏主，请求出兵。魏主降旨，大意是孔明狡诈过人，不可轻举妄动。为了以防万一，魏主派辛佐治为军司马。辛佐治手持大斧站在军门外，谁敢出战就劈了谁。

　　司马懿只好待在军帐里瞎猜。派去的奸细报告说：孔明一个人待在大帐里想坏主意。司马懿吃惊不小。孔明何许人也，鬼点子往外冒连眼都不眨一下；他要多眨几下眼皮，想个十天半月，可了不得，一定有大动作。要再来一个赤壁大战，魏国就完了。

　　司马懿仔细盘问奸细，奸细告诉他：孔明的中军帐设在一个大土坑里，挂着帘子密不透风。司马懿太了解孔明了：孔明为人谨慎，事必躬亲，有关军国大事当然要在密室里进行筹划。

　　奸细说："待土坑里就安全啦？"

　　司马懿说："土里边最安全，乱军之中，人人都想往地缝里钻。"

　　奸细连夜潜回蜀营。

　　蜀兵从来没有这么消闲过。整天都是出操吃饭睡觉，大家都长膘了。奸细没话找话挑话头猜军师有何妙策？大家没兴趣。问急了，就说：没这习惯。奸细差点露出身份。蜀兵告诉他：你是关中人，不知道我们蜀国的规矩，有军师一个脑袋，我们大家不想事。奸细很吃惊。魏营可不是这样的，大家都喜欢谈战事；当兵打仗不谈这个谈什么？上边给士兵发的娱乐品也是打打杀杀的象棋。蜀兵告诉奸细："咱军师的脑袋是天底下第一号脑袋，别说当兵的，连大将军和皇上都不怎么想事；要想的，军师都替咱想好了。蜀兵告诉奸细：军师这会儿想事呢，想好几十天了，够司马懿喝十年八年的。奸细问得很露骨，他问蜀兵：军师想什么事？哪些方面的？蜀兵说：反正是让司马懿不舒服的事情。问半天等于没问。蜀兵开玩笑：说不定军师把你小子给掐出来了。奸细吓出一头冷汗。蜀兵说：你这么关心他，他神机妙算算不出来？

奸细连夜逃回魏营，见了司马懿就叫："诸葛亮不得了哇，把我给算出来了。"时间不长，派往蜀营的奸细都回来了，众口一词：全被诸葛亮算出来了。司马懿安慰大家："回来就好，回来就好，没让孔明抓获已经万幸了。"

大家说："孔明咋这么厉害？"

司马懿说："他那颗脑袋太厉害了，没人能比。"

在孔明面前，司马懿总是谦虚的。

孔明想事想好几十天了，大家议论纷纷，司马懿也很害怕，他让大家小心点，这是孔明脑袋最发达的时候，千万不要出差错。

魏营上下高度紧张，脑袋里的那根弦绷得紧紧的，好歹紧张惯了，大家都磨练出来了。司马懿巡营后很满意，赞扬将士们有应变能力，上表魏主请求嘉奖。将士们窃笑：这好处不是大将军弄来的，是孔明把咱们折腾的。

幕僚把这些情况报告司马懿，司马懿不但不生气，反而哈哈大笑，笑得幕僚们莫名其妙。司马懿指着辕门上的大灯笼说："最亮的地方不在灯下在远处。"幕僚们在一片噢噢声中恍然大悟。大家不能说破，留着让大将军说。司马懿说："诸葛很亮，可惜他照亮的不是他身边那些人，而是我们。"

孔明的修炼很有成效。他在操演一种阵法。

据说姜子牙当年搞过一个黄河阵，连连取胜，在渭北西岐塬上打败了纣王的大军，继而渡过黄河，进军朝歌。纣王亲临战场，也破不了那变幻无常的黄河阵。

黄河阵是什么样子，谁也没见过，也没有文字记载；史书上只记述了姜子牙用黄河阵大破商纣的过程。人们把黄河阵当作传说，信则有不信则无。

孔明和他的朋友一直对黄河阵敬而远之。每次北伐，打到渭河边就打不动了。渭河跟咒符一样克着他。大家都认为，蜀兵的败退不是司马懿用兵有多么高明，而是这条河在作怪。成都起兵时，全军上下，同仇敌忾，气壮山河，川陕间绵延不绝的群山也奈何不了他的大军。等大军出了秦岭，遥望关中，他和他的大军一下子被脚下这条河打动了；他和他的大军不是来打仗的，而是一次虔诚的拜访。

渭河谷地逐渐开阔，在平原出现的地方，老乡告诉孔明：那是姜子牙待过的钓鱼台。他惊讶得浑身打战，在他的想像中，姜子牙应该在宽敞的地方钓鱼。因为姜尚钓的是周文王这样的圣明君王。

蟠溪是渭河最小最不起眼的一条支流。姜子牙选它做隐身之地，完全是出于随心所欲。渭北是台塬地带，渭南是秦岭大山，往西是渭河的源头陇东高原。蟠溪处在秦岭与黄土高原缩疙瘩的地方。它惟一的长处就是隐秘。姜子牙就坐在这里，任一溪清水映照飘逸的白发，俨然真正的高士。

千年以后，孔明挥师北上就是为了这次神秘的拜访。

孔明仿佛参悟了禅机，大叫起来："原来如此！原来如此啊！"他告诉随行将士，"我们不是来打仗的。"将士们满脸惊愕，他说，"姜子牙的黄河阵是从文王的八卦图里推演出来的。"

孔明问老乡："黄河阵是不是这样子？"

老乡说："我又不带兵打仗，我知道什么？"

孔明说："西岐在什么地方？"

老乡说："渭北塬上，天柱山下。"

孔明说："这就对了，黄河阵只能摆在山南河北。商纣的大军要是不渡渭水，在南塬列阵，黄河阵就会失去效力。"

将士们大惊："我们过不了河难道是天意？"

孔明说："用兵方略跟山川大势是一样的，顺者昌逆者亡；我们只能扼守南塬，诱魏兵到河滩聚而歼之。"孔明告诉大家，"本军师也能练出姜子牙那样的阵法。"

老乡说："练出来也没用，馍嚼两遍就没味道啦。"

孔明受刺激太大，一心要给老乡证明些什么。孔明让校尉削一根木棍，以地为帛，比比画画，很快画出一局神奇诡秘的阵势。老乡和将士全都瞪圆了眼睛。孔明胡子乱抖，大声问老乡："看见了没有？"老乡说："看见了，就是看不大明白。"

黄河阵是按天地之道来布阵的。那是一种空前绝后的阵法，那恢宏的气势和诡秘的变化非人力所能及。

老乡双手一拍："日他先人哩，姜子牙七老八十弄出来的绝活让你三锤两梆子敲出来了，你就这么能？能得尿醋厕浆水哩。"校尉大声呵斥："你还不相信，睁开狗眼瞧瞧。"老乡说："这阵势是鸡娃球硬三下。"不等校尉发火，老乡说，"好庄稼长二百八十天，露水只长一晚夕。"

大家瞠目结舌。

孔明说："粮食养命，露水养生。"

老乡说："咱吃粮食不吃露水，不知道露水是啥滋味。"

孔明说："露水得天地之灵气，是道家养生术里的上品，可以延年益寿。"

孔明从怀里掏出两枚小葫芦，让老乡张开嘴，往里边丢一粒药丸，洒几滴露水。老乡闭上眼睛咂摸半天说："露水是甜的。"孔明告诉他："不用吃饭可以撑到天黑。"老乡说："好吃是好吃，可惜吃了没力气，手软脚软还像个人吗？跟鬼似的。"校尉说："粮食长气力，露水长脑子。"老乡问孔明："你不吃粮食？"孔明说："吃呀，不过不多。"老乡说："你脑袋里的点点子都是露水喂养的，可露水是不结籽的。"

孔明开始戒食，每天以露珠充饥。第七天，地皮开始簌簌抽动，地底下传来唧唧的叫声，将士们欢欣雀跃，军师的法术快练成了。

中军帐的亲兵告诉大家："军师在练一种姜子牙那样的阵法，练成后我们就能打进许都扫平天下。"蜀兵从没这么兴奋过，喧哗声没有了，大营里静悄悄的，大家的眼睛又圆又亮，在盼望奇迹，一个比赤壁之战更大的奇迹！

最先出来的是蟋蟀，它们列队走出军帐；将士们敲打兵器向小虫子致敬，它们是孔明唤出来的。蟋蟀、螳螂、蚂蚱、蜘蛛、蜻蜓、蝎子、蚯蚓、蚂蚁，顷刻间布满大营内外。

孔明吩咐一彪人马入阵，大队人马眨眼间不见踪影。胆大的将校打马破阵，也有去无还。

孔明叹道："要是关羽张飞他们在世就好了。"将士们羞容满面。孔明说："我没有责备你们的意思，我叹息的是没有人能把八阵图撑起来。这是我和先主数十年的心血。"

大家很吃惊，先主刘备什么时候通晓阵法？孔明告诉大家：先主的意念是无形的，而我的谋略是有形的，有形永远也不能完整地体现无形。孔明泪流满面："亮常常自责，没有在先主在世时搞成八阵图。"

4

确切地说，八阵图是在先主伐吴惨败时初露锋芒的。陆逊一把大火烧光先主七十万大军，先主入白帝城避难，陆逊紧追不舍，在夔关鱼腹浦误入石阵。那是八阵图的雏形。陆逊吓一头冷汗，竟然活着从孔门闯了出来。

那时，先主病危白帝城，左右来报：陆逊被军师套住了。先主大喜："杀吴狗解吾忧给关张报仇。"先主以拳击榻，纵声大笑，白沫沾满胡须。先主告诉左右："我得孔明犹鱼得水，孔明救了我啊。"先主问大家："你们知道军师用什么套住陆逊？"大家懵懵懂懂，先主告诉他们："军师摆的是八卦阵，撒豆成兵，陆逊死定了。"

先主和他的残部就这样从战争的恐惧中解脱出来，恢复了正常人的感觉。大家说说笑笑，吃东西也有了滋味。

先主情不自禁唱起高祖刘邦的《大风歌》：

> 大风起兮云飞扬，
> 威加海内兮归故乡，
> 安得猛士兮守四方。

天就这样亮了，没有太阳，全是白煞煞的天光，那是上天的原形。将士们惊恐万状，上天为什么在这个时候显露原形？所有事物的原形都是丑陋的。连先主也感到莫名其妙，他问赵云："上天为什么是这种样子？"赵云说："残月正消，红日未升，就是这种样子。"先主喃喃自语："干吗这么白？"赵云顿首再顿首。马谡说："高祖起兵斩的是白蛇，主公避难的地方是白帝城。"先主睨视马谡："你是说，汉室从白开始从白结束？"

马谡自知失言，忙辩白不是这个意思。先主一口咬定就是这个意思。马谡惶惶不可终日，先主拍他一下："你说的是大实话，能说实话就不要怕。"马谡不敢吭气。

赵云说："汉室就这么完了？"

先主说："天意如此，没有办法。"

赵云责备马谡为什么要捅破这个秘密。

先主说："不要怪他，他是笃实君子，师从孔明，视智慧为神明，对天下大势洞若观火，不吐不快啊。"先主问马谡是也不是？马谡轻轻点头。先主说："你永远成不了孔明。"马谡忙说："我只学到一些皮毛。"先主说："你学的那些皮毛也都是粗糙的。"

狗改不了吃屎，马谡无法抵抗智慧对他的诱惑。他看着窗外的天象，忍不住叫起来："陆逊跑了。"先主厉声喝道："你敢怀疑八阵图？"马谡匍匐于地："天象清清楚楚，八阵图套不住陆逊。"先主说："你相信天象还是相信军师？"马谡支支吾吾说不清楚。先主说："八阵图是我们蜀汉君臣的精粹；孔明之谋，五虎上将之勇尽在其中。有它在，关张马黄虽死犹荣。你怎么能怀疑八阵图呢？"赵云踹马谡一脚，马谡拍着胸口说："我是相信八阵图的。"先主面露笑容。

探子再报："陆逊逃出去了。"

先主长叹一声，知道自己死定了。刘关张三位一体。被唤作四弟的赵子龙放声大哭，要跟先主同归于尽。先主抚其背，久久不语。等赵云哭过了劲，先主说："你跟幼主有缘，你死了，幼主咋办？"赵云收泪不再去死。先主心中稍安，传令孔明速来白帝城。

君臣相见，只一瞥就不再提八阵图的事。因为那是一次不成功的尝试。孔明为了让先主安心，轻轻点了一下："亮殚精竭虑也要把它搞出来。"先主频频点头，叮咛孔明："注意马谡，这小子有异端思想。"

扶先主灵柩回成都的路上，孔明问马谡对八阵图的看法。马谡说："用的不是时候。"

"为何？"

"陆逊背后有曹魏，他不敢穷追猛打。"

"你意思是说，我布阵是马后炮了。"

"不是马后炮，是马前炮。"

马谡说话爱上瘾，滔滔不绝，不吐不快："不成熟的东西拿出来是一种灾难。"孔明乜斜他的学生："你的看法挺多啊，说下去。"

"阵法是死的，人是活的，把活人操演到阵法里就等于把龙变成虫子。"

"关张赵马黄是虫子吗？"

"关羽当初何等威武，斩文丑劈颜良，水淹七军，纳入阵法后，狗都可以欺负他。张飞死得更惨，英雄一世，死在裁缝手里。马超威震华夏，投我们蜀汉以后，也悄无声息了。"

"照你的说法，是阵法害了他们。"

"东吴曹魏没有这些，反而比我们强大得多。"

"闭上你的臭嘴！"孔明差点跳起来。

马谡非要说完不可："打天下本来就是戎马生涯，哪有坐四轮小车的？当初你是骑着黄膘马纵横天下的呀！"孔明闭上眼睛，马谡很激动，"我知道你为何不骑战马，因为凤雏先生是在马背上送命的。你连剑也不佩戴，至少带一把刀子呀！宝剑骏马美人是千古英雄孜孜以求的东西，你一样都没有，你搞个阵法能有多大力量！"孔明像受了致命伤的野兽，低沉沉地吼道："闭上你的臭嘴！你要倒霉的。"

马谡的努力失败了，他师傅走不出刘备的阴影。他还在做白日梦，提醒孔明想想韩信的下场。孔明大笑："你别忘了，韩信钻人家裤裆的时候，怀里抱着宝剑。"马谡大叫："你扔了宝剑就以为没事了？你比韩信更惨。"

那是他们两人之间的一次对话，也是最后一次推心置腹说心里话。打那以后，孔明不再理马谡，马谡再三努力，言辞恳切，仅仅恢复了师生关系。在公开场合，孔明依然以长官的身份待马谡。

马谡坐了整整三年冷板凳，军师终于答应他的请求，随军北伐。接着就是失街亭的故事。

当是时也，败局已定，军师无颜撤军回川。马谡深得军师真传，知道这时候军师最需要什么，便自告奋勇去守街亭。他要用死来讨回军师对他的信任。军师果然不负他的苦心，处斩时又是自责又是流泪。能博得师傅的一捧热泪，马谡心满意足。眼泪这玩艺儿是先主刘备的专利，也是蜀汉臣民的最高荣誉。获此殊荣者，寥寥无几。

马谡就这样把孔明从困境中解救了出来。

马谡死后，蜀国再没有人能窥破八阵图的奥秘，孔明可以放开手脚钻研阵法。

他率大军来到渭河南岸蟠溪水边，他暗暗自语："先主，您的遗愿就要实现了，这里是周文王访姜子牙的地方，汉室江山一定能超过周朝，千年万年垮不了！"

于是蟋蟀出来了，后面跟着螳螂、蚂蚁、蚂蟥、蚰蜒、蜘蛛、蚯蚓。

蚯蚓死死地望着他，望得他手忙脚乱。姜维小声说："蚯蚓没有眼睛。"手脚总算安静了，但心里依然乱糟糟的。蚯蚓被人称为地龙，它曾经是一条蛟龙，变成这么小一条虫子实在让人难以接受。

孔明太了解自己了，他的高明之处就在这里：善于接受常人无法接受的事情。他相信关羽张飞他们的亡灵会来相助。

关羽张飞果然显灵了。人们看见一位不存在的骑手提着青龙偃月刀，穿阵而过，青龙刀越晃越小。它要适应这些小虫子，就得把自己变小，变成一把玩具刀，砍砍杀杀热闹非凡，连驮他的战马也变成板凳狗的模样，摇头晃脑唯唯而过。待张飞入阵时，将士们连眼睛都不敢睁了。人们想像不出，浓缩后的张飞会是什么样子。人们在战马的踢踏声中战栗发抖，直到马蹄声消失，睁开眼睛看时，丈八蛇矛一曲一伸，跟蚯蚓一般无二。

观阵的将士已经尿裤子了，空气里飘荡着油腻腻的尿臊味。孔明略通中医，知道这是肾脏亏损的迹象。若让黄忠赵云马超的亡灵再现于世，将士们会吓破胆的。

孔明见好就收，他告诉大家："你们都看到了，关羽张飞之勇尚不得过，曹魏那些兵将能奈我何。"将士们一下子从惊恐中醒悟过来，击戈高呼："八阵图！八阵图！八阵图！"

孔明就是那时候穿上八卦衣的。正像先主所希望的那样，孔明成了一种介乎神与人之间的东西。

在我们蜀国，魏延是个喜欢节外生枝的人物。二次北伐时，他建议兵分两路出子午谷，径取长安，席卷关中。

这条绝妙的计策被孔明轻易地否决了。因为这计策太绝太妙太大胆，大胆得出乎常人的脑袋，非天才奇才想不出这主意。

孔明不禁扪心自问：魏延是奇才吗？平庸的脑袋是生长不出如此瑰丽的花朵的。

出兵子午谷终成憾事。

蜀国的大军像拉磨的驴子，一遍又一遍在遥远的祁山出出进进，留下厚厚的黄尘。主人为了让驴子老老实实拉磨，便用布蒙住驴子的眼睛。魏延对大家说："我们都是军师的驴子。"军中便有了流言蜚语。

孔明多次下令禁止，越禁越盛，全军上下都知道子午谷的事情，舆论竟然偏向魏延。孔明连抽几口冷气。魏延有人缘有威望，这是孔明没有想到的。

中军帐议事时，孔明旁敲侧击，提醒魏延：你是后脑勺长柄的。魏延毫不客气，回敬说他过于谨慎，用兵哪有不弄险的？东吴有大将甘宁率敢死队闯曹营，曹魏有张辽八百壮士赤身露体大战逍遥津。我们蜀汉有什么？都是些捕风捉影的神话故事。

祁山是军师过瘾的地方，军师跟候鸟一样，不从那儿遛遛就浑身痒痒难受。说完风凉话还怪声怪气地笑,把军师的脸都气白了。

军师钻研八阵图的时候,尽量躲避魏延这个扫帚星。天遂人愿,魏延一直待在汉中做他的南郑侯。

军师知道他迟早要节外生枝。

校尉通报魏延将军到。孔明胸有成竹,请他进来。魏延拜过军师,便打听八阵图的事情。孔明轻描淡写,告诉他:刚刚完成,将军想试试?

魏延说:"听说把黄忠赵云马超给吓住了,他们是死人,死人能过阵吗?"

孔明说:"人死灵魂在,他们的武运可以显灵。"

魏延大笑不信,提刀上马来到阵前,哎哟叫一声:"怎么都是小虫子?"孔明说:"它们很听话,用起来得心应手。"魏延说:"我可不想变成这玩艺儿。"说罢,打马后退几百步,绕两大圈,借着冲力斜插入阵,七进七出,七个死门全给破了。

战马把魏延驮到大家跟前,大家才发现没有出现奇迹,魏延还是原来的魏延,没有萎缩没有变小。大汗从魏延铠甲里渗出来,头盔底下不见面孔,只有汗气蒸腾。

所有的人包括孔明,全都张开嘴巴看着这个勇猛的魔鬼。魔鬼跳下马背,对大家说:"军师果然厉害,就像过了一回鬼门关。"姜维小声问军师:"头上长柄的人就这么厉害?"

军师说:"这种人把柄握在自己手里,别人拿不住他。"

姜维说:"我明白了,这小子头脚相通,后脑勺长的是脚,是用脑袋走路的人。"

姜维便对魏延多了几分惊惧。

5

—

我们都是受命运操纵的人,你必须首先搞清楚你的命。比如我刘禅，我的一切全都在这个名字里。禅让相连。历史上的三皇五帝，这些圣明天子都是以禅让转位的。先主刘备不会不知道这些。打天下的人心里都有一本帝王经，三皇五帝秦皇汉武是他们的基本功。先主给我取名为禅，就把我的命给定下了。

他这样做是出于无奈。

作为父亲，他首先传给儿子的是生命，儿子就是祖先生命的自然延伸，用老百姓的话讲就是继香火。先主的一切也是从这里开始，江山倒是其次的，他必须创造一个跟他一模一样的人，来关照自己的生命。戎马生涯最险恶的时候，他也要忙里偷闲跟我母亲甘夫人一起造娃娃。

那时曹操已经打败袁绍，回师中原，先主危在旦夕。他表现出大丈夫临危不惧的气度，毅然决然把甘夫人抱上土炕把事情办完。将士们在外边拼死抵抗，刚出山的孔明先生也着急了。这种事一般在夜深人静时办，兵荒马乱就顾不了那么多了。孔明惟一能做的就是保持寝室的安静，他告诉将士们：主公正在筹划锦囊妙计，千万不要惊扰他。孔明一语成谶，我的使命就是结束战争，我讨厌战争，几乎出自本能。这是孔明没有想到的。兵器乒乒乓乓，喊杀震天，哪有什么安静可言。我在娘胎中就饱受战争磨难，我终生向往平静的生活。一个人在生命未成形之前就让刀枪声吵得不能安宁，他的生活在他出生之前就给毁了。可事情必须办完，我父刘备已近中年，干这事很累。

心腹将领关羽张飞起了疑心，他们与先主义结金兰，有权知道大哥的秘密。军师如实相告，把关羽张飞吓一跳，这么吵闹咋睡觉？造出的小太子也吵吵闹闹。军师微微一笑："二位将军多虑了，这叫闹中求静。马上打天下，龙椅上坐天下，坐天下者须安安静静斯斯文文。"关羽笑了。张飞还在瞪眼睛，军师继续开导他："在娘胎里得不到的东西，出生后就会拼命去争夺。"这时先主一脸疲惫出来了："我刘备年届不惑，再不造儿子就没机会了。"

张飞笑他古板：桃园三结义时哥哥才二十八岁，那正是造娃娃的好年龄，你非要等打下江山再造小皇子，现在好了，胡子一大把，四十岁的半大老头子，着急了，造出个老儿子，老儿子都是蔫的。

猛张飞快人快语，在我未成形的时候，他就看出我是蔫的。

先主不跟他计较，反而开导他：咱要的就是老儿子的蔫劲。娃娃蔫一点听话懂事，是守江山的料子。

大家频频点头，觉得先主的话有道理。

我出生在乱军之中，阿母甘夫人便给我起名阿斗，勿斗的意思。颠沛流离的生活把她害苦了，她渴望平静安宁；她宁愿儿子懦弱一点，不当什么劳什子皇帝，只要平平安安过一生就行了。

阿母把我托给赵子龙时，在我耳畔连叫三声阿斗阿斗阿斗，她那淳朴而微弱的愿望就这样灌进我的心灵。据说她是投井死的，死得很凄惨。赵子龙找不到棺材，只好推倒土墙掩埋阿母。接着便是长坂坡赵云救阿斗。

赵云把我交给先主时，先主把我摔在地上。我们父子第一次见面，父亲就来这一手。这就是有名的刘备摔阿斗收买人心的故事。父亲不看自己的爱子，反而掷在地上，大叫："这小子，差点坏我一员大将。"父亲说得是多么言不由衷，多么虚伪奸诈啊！我那颗冲动的心凝固在阿母的声音里，只有她是真实的。

先主询问阿母的情况，赵子龙如实相告。先主是有名的"妇人如衣服"理论的炮制者，他不会为老婆的死亡而伤心，当然他要哭几下的。他是以哭而闻名天下的。所以他从来不真心实意地哭。他的泪水跟天上的雨一样，遇到合适的气候就会落下来。

赵子龙告诉先主：主母给小皇子起名了。

"叫什么？"

"阿斗。"

先主连声叫好。他显然理解错了，他嚼豆子似的把阿斗两个字咀嚼两遍，就榨出稠稠的油汁。

先主说："小皇子是天上最大最亮的星斗。"

大家再三琢磨，越琢磨越有味道：嫂夫人是白天怀的孕，小皇子一片光明，晚上也是亮的。

星斗高悬于天上，世界还有什么秘密可言？事实确实如此，我总能看到常人看不到的东西。先主和孔明为此付出了惨重的代价。那是好多年以后的事情了。眼下，先主要给我起个大号，阿斗是阿母起的乳名，官名由父亲来起。

父亲脱口而出给我一个禅字。这是一个很深奥的古字，父亲原打算引经据典发一番宏论，孰不知话刚出口，大家就心领神会了。

父亲之所以与曹操孙权并列，是由于他独特的立身之道，那就是装聋作傻。禅便意味着退让绵软不逞强。父亲希望他的儿子青出于蓝而胜于蓝，把他那种外君子内小人形似呆傻实则奸诈的本领再大大发展一步，他却犯了天道的大忌：过犹不及。一下子走向了天道的反面，呆傻渗入了儿子的生命，形神兼备，成为千古一绝。这是先主意料不到的。

无论阿斗还是刘禅，名字包含了我生命的全部。从出生那天起，我就对自己的命运一目了然。大家整天阿斗阿斗地叫，我岂能不知道这称呼的含义。

我大概是三国时最有自知之明的人。人的可贵之处就在于顺从命运。我的懦弱平庸呆傻在所难免。他们把我推上皇帝的宝座，我个人的命运自然而然成了蜀国的命运。这是定数，谁也改变不了。

我不但琢磨自己的名字，也琢磨熟人的名字，测字成了我的嗜好。起先我只跟宫娥太监们耍闹。这种游戏一下子把他们打中了，抓住了他们生命的关键。

朝廷里的大臣也染上了这种嗜好。跟大臣们打交道，我打不起精神。他们都是言不由衷的变形人，说出的话真真假假神神秘秘玄而又玄，听他们唠叨大半天你也搞不明白他们说什么，连他们自己也不清楚他们跟皇上说的话意义何在？在他们面前，我惟一能做的就是装聋作哑，或者以其人之道还治其人之身，我也说些腾云驾雾的话，屁味十足，恶他们的心。他们就不高兴了，又不敢发作。人这种东西，对自己的本性有一种天生的恐惧感。他们从我的呆傻里观照到自己的本相，该有多么绝望多么沮丧！

我就这样把大臣们得罪了。

他们就不想想，皇帝怎么能给他们测字呢？皇帝本身就是一种生命的无奈，皇帝怎么可能把这种无奈扩散到宫外，风行全社会？那将会引起什么后果？

他们说我坏话，恶意中伤。我佯装不知。他们只是出出心里的恶气，不敢把我怎么样。寄希望于占卜的人，他们拉不出几泡屎，更谈不上成什么气候，顶多坏坏我的名声。

名声在我们这个时代不起任何作用。这是个礼乐崩溃的时代，人们变得很实在，敢想敢说。先主刘备说：兄弟如手足，妇人如衣服。曹操比他更有气派：宁使我负天下人，不可使天下人负我。

先主说这话时尚处创业阶段，身上还有那么点英武气概。到了四川他再也说不出什么豪言壮语了，他和丞相孔明竭尽全力，创造一个虚拟的世界，来抗衡中原的曹操和江东的孙权。

西川是个过日子的好地方，群山环绕，与世隔绝。绵延的大山和滔滔的江水抵得上百万雄师，根本不需要他们劳心费神。

那时，我的测字本领已趋炉火纯青，凡是引起我注意的人我都要测一下。先主和孔明首当其冲。

游戏在我和宫女之间进行，我写一个字宫女往墙上贴一个字。与先主名字有关的字全在上边，它们依次是：备，惫，毕。惫者疲惫不堪，毕者完毕结束。与备有关的字很多，只有惫和毕才是先主生命的本相。

听见脚步声，我起身去撕墙上的纸条子，先主已经到了门口，什么都看到了。纸团被宫女吞进肚里。周围的人全都吓坏了，先主竟然也脸色发白。

他难道惧怕自己的生命？

当我从自己的名字中觉察到生命的无奈时，我感到莫名其妙的兴奋。这是人惟一的可贵之处。人知道自己的生命，生命才有价值。除此之外的一切都是过眼烟云。作为我的父亲，先主应该比我强一些，应该有勇气面对自己的生命。

大家都不吭声，宫女和太监都是被我陶冶过的，他们全都熟悉自己的生命，他们跟主人阿斗一样，很早就被天下人列为世间头等傻子。那种呆傻所透露的安详和沉静，把先主打动了。先主和他的侍从慢慢走过来。先主小声问我："那上面的字都是真的？"

我说："白纸黑字错不了。"

先主说："太可怕了，折腾大半辈子，难道就是一个毕字？"

我说："什么事都有个完结，老天爷也拦不住。"

"为什么偏偏从我的名字里显示出来？弄得人手足无措。"

"名字是世界给我们的第一个字，我们的一切都从那里开始，也要从那里结束。我的开始是阿斗，勿斗；我的结束是禅，退位。"

"岂有此理，汉室怎么能在你手里结束呢？"

"禅是三皇五帝定下来的，你又亲手把它安在我的名字上，我是脱不掉啦。"

"照你的意思，你爹刘备从疲惫困顿开始，也要凄凄惨惨结束？"

"悲剧都是这样子的。"

先主张张嘴巴，又合上了。从桃园三结义平黄巾起，他一直过着寄人篱下的日子，公孙瓒吕布曹操刘表刘璋都做过他的房东，他最后立国的地方就是从房东刘璋手里抢来的，所谓鸠占鹊巢。人不到落魄穷极的地步是做不出这种事的。

先主自言自语："你是说我这辈子总是依附别人？"我直截了

当告诉他："就是吃别人碗里的饭，成了一路好汉。"先主再也掩饰不住了，他问我：谁告诉你的？他惊恐万状，抓住我的手使劲地摇晃，非问出个答案不可。我告诉他：我只知道你南征北战的经历，桃园三结义以前的事情全是我瞎猜的。

"你咋猜的？快告诉我。"

"打草鞋编席子能有什么好日子？四处流浪混饭吃呗。"

"混饭吃，嘿嘿嘿，混饭吃。"

"你混了大半辈子，到西川才有了家，就别瞎折腾了，你该歇歇脚了。"

先主摸我的脑壳，他听孔明的，他怎么会听傻瓜儿子的呢？

我说："爸爸，傻瓜的话有时很灵验的。"

"为什么？"

"傻瓜说话不用脑子，原汁原味。"

我的话引起先主的注意，他从没正眼看过我，我趁热打铁，兜售我那套傻瓜哲学："世上的灾祸都是聪明人干的，大家都当傻瓜天下就太平了。"

"这是什么混账理论？智慧是人的第二生命。"

"有了第二生命，就把第一生命给荒废了。"

"照你的意思，傻瓜都是君子喽。"

"傻瓜是人刚开始的样子，那时候人还没有变形。"

"娃娃，人不教不成材，玉不琢不成器，傻瓜再好，也是一块璞玉啊。"

"淳朴一点不好吗？人太精巧是个麻烦事儿。"

先主张张嘴巴，他已经意识到傻瓜的真正价值，他小声说："都说你傻，你一点也不傻。"

"阿斗是天生的傻瓜，爸爸。"

"你什么都知道！"

"我知道的很少。"

"可那都在锋刃上。"

"锋刃没有分量，傻瓜都是没有分量的人。"

"你在暗示我。"

"孩儿不敢。"

"你在暗示我：聪明人都是沉甸甸的刀柄和刀背。"

"他们确实有分量，他们都是人间的庞然大物。"

"这些话你对别人讲过吗？"

"我跟前没有别人，不是太监就是女人，他们基本上不算是人。"

"这还差不多。"

"爸爸您要叮咛我什么？"

"对对，我要叮咛你两句，刚才的话不要对诸葛先生讲。"

"他不是你水里的鱼吗？"

"鱼不能上岸，上岸就倒霉啦。"

"唔——傻瓜是岸吗？"

"对对，傻瓜是聪明人的岸。"

"唔——聪明是流动的，傻瓜是不动的，这叫什么？爸爸。"

"这叫山不转水转。"

"所以聪明人干事儿非要找一个傻瓜不可。"

先主脸色发白，转身就走。他大概想起了当年三顾茅庐请孔明的往事，这是先主一生最辉煌最感人的一幕，岂容黄口小儿肆意诽谤！

我的话起了一丁点作用，先主要证明一下自己。不久就发生了关羽张飞魂归西天的悲剧。先主一反常态，丢下孔明，亲率大军朝东吴杀来。他要独自干一件大事，重演火烧赤壁的壮举。

他意识到了自己的悲剧，所以他一门心思把军队分布在密林里。七十万大军的营帐一座连一座，其情形跟曹操下江南时铁链锁战船一样。不同的是，曹操中的是计，是庞统许庶孔明周瑜鲁肃这些时代骄子沆瀣一气的阴谋，换句话说就是集体智慧的结晶，曹操纵有三头六臂也在劫难逃。

先主进军东吴没有阴谋，吴军统帅陆逊也没有什么预先的计划。面对牛气冲天的蜀军，陆逊只能避其锋芒，寻找战机。

火烧连营寨是先主的杰作。

陆逊有点不敢相信，他亲临前线反复查看：密林里的军帐是实实在在的，不是疑兵之计。陆逊实在想不出阴鸷的刘备为什么要干傻事？他无法理解呆傻对生命的重要。那毕竟是一个智慧的时代，尤其是对先主刘备这样的人，给别人耍了一辈子阴谋，为什么不给自己耍一次呢？陆逊点燃大火时也没弄明白，七十万蜀军是如何化为灰烬的。

猇亭大捷的结局很冷清，一点也没有赤壁大战那么轰动。赤壁大火后，曹操依然是中原的铁柱子，曹孟德依然纵马扬鞭驰骋沙场。而先主刘备很早就疲惫了，连他的敌人陆逊也感觉到，大火焚烧的是一个老朽之躯。没有烈焰，战场上空全是浓烟和尸臭。陆逊真有些羡慕周瑜，周瑜的大火烧的是金戈铁马，火光冲天，豪气十足。猇亭的大火不死不活，让人沉闷发急，参战的将士也打不起精神，胜者不勇，败者不恨。刀枪剑戟也是灰蒙蒙的。

陆逊目瞪口呆，不久忧郁而死。东吴两个年轻将帅，一个让曹操的豪气撑破了，另一个在刘皇叔的惨败中凹陷而亡。

6

先主和他的大军纵横天下南征北战的时候，阿斗我正在大后方潜心于生命的游戏。

留守后方的大臣们实在看不惯小皇子的作为，因为阿斗把生命的精华全都喷洒在女人身上，将来拿什么治理国家呢？

奏折雪片似的落满先主的案头，其中有一个折子说得很大胆：

太子施于妇人之液远胜于陛下征战所流之血。先主怒不可遏，甚至萌发了废太子的念头。军师和将军们刷地跪在地上高呼："太子不能废，太子是我们从百万军中抢出来的。"

先主抖着奏折大吼："你们知道他在成都干什么？"

将军们齐声回奏："我们流血流汗，就是要让太子安享千年。"

浩瀚的生命之液不从刀枪上流出来，就一定要从裤裆里流出来。

先主呆在地上，他无法理解太子阿斗，可太子的所作所为又是那么天经地义。

班师回朝后，先主召太子上殿长谈。太子傻里傻气："这有什么好谈的，我给女人流水水，就跟你流泪一样，你的泪打垮了多少豪杰。"

"你不要胡说八道。"

"我听宫女们讲过，她们想男人的时候就梦见男人追她们，她们躲在屋里不开门，男人坐在门外流泪。梦是反的，实际情形是男人往她们身体里射水水。"

阿斗就这样把先主的秘密给捅破了。

谈话就在我们父子之间进行，不存在泄密的危险。先主还是感到了儿子的可怕。这个傻里傻气的家伙总有那么一点邪劲，歪歪扭扭总能击中要害。先主把这看成歪打正着。刘皇叔的儿子纵然没有孙仲谋的豪气，没有曹植曹丕的才气，歪一点也是应该的。遗憾的是他的力量被儿子看破了，儿子毕竟不是他本人。这跟泄露没什么不同。泄露的生命很难振作起来。

先主开始沉思，他是我们时代最阴险最有心计的豪杰，也是最艰苦最疲惫最受磨难的豪杰，机关算尽而收效甚微。他不能不考虑命运这个问题。

从麻衣相法来看，他是个洪福齐天的人，大耳垂肩长臂过膝，究竟是什么力量摧毁了他的福气呢？

按傻瓜儿子的理论：一个人最初的样子便是他的一生。

他是从流浪汉开始的，确切地说他是从冒名顶替开始的。他把皇族的姓氏顶在头上，还要加上叔辈身份——刘皇叔。汉献帝让董卓曹操他们吓坏了，只要有人奉承，叫爷爷都行，他壮着胆胡诌一气，汉献帝就信以为真，叫他叔叔。他的一切就这样开始的。百姓敬仰他，豪杰们羡慕他，曹操孙策们嫉妒他，那时先主多么自豪！天下大乱，群雄并起，人人都想改变一下历史，炳垂史册。要做到这一点，必须有两个条件：一是要有好脑子，二是要继承一笔遗产。这是个智慧的时代，人人都有好脑子，关键就看遗产了。先主继承的是汉皇江山的正统，名正而言顺。所以先主不管怎么落魄，总是牛皮烘烘的。孙权承的是兄长的江东十六郡，曹操承的是三十万青州军。刚开始大家都差不多，慢慢就显出优劣来。孙氏兄弟在江东稳稳扎下根，曹操把三十万黄巾乱党训练成一支劲旅，雄踞中原，进而挟天子以令诸侯。先主除一顶皇叔虚名和一个狡诈的脑袋以外，所剩无几。他晋见过汉献帝，与皇族刘表刘璋有过交往。皇族的气象奇迹般出现在他身上，祸焉福焉，他无所适从。

他隐隐约约感觉到汉室的颓废与腐朽。这是一洼发馊的水潭，绝不是蛟龙存身之处，甚至没有一丝鲜活的气息。寄身汉室，无疑让死尸回生。先主是聪明的，先主用的是借尸还魂术，可就在他借的时候，那腐朽的气息就成为他的生命，他走到哪里，凶残与恶臭就传染到哪里，天府之国沃野千里在先主手里赤地千里，民有菜色，真正成了曹孟德笔下"白骨露于野，千里无鸡鸣"的人间地狱。川地远离战争，却成了荒原。而战乱频繁的北方在曹操手里变成了粮仓。蜀汉的使节常常从魏国带来丰收的消息，阿斗几乎能听到菽麦的刷刷声。而成都全是泣血的杜鹃全是枭，枭是先主的象征。

枭的形象最早源于对刘璋的征讨。军师直言相告，地盘已经叫别人抢光了，主公既为皇叔，只能打皇族的主意。他横下心夺了刘璋的地盘，人一旦发狠，就能狠一辈子，关键是把形象树起来了。

这就是悲剧的所在。

先主觉察得太晚了。入蜀川前，在荆州刘表府上，他多喝了几杯，情不自禁发人生之感慨：腰胯上的肉又厚了许多，大丈夫应该在马背上打天下。刘表刘景升不由一愣，照刘备的说法，我们这些人都是酒囊饭袋了。先主自觉失态，掩饰不及，只好悻悻而退。刘表果然起了疑心，给先主找了不少麻烦。先主搞不明白：皇族怎么就这样没起色？皇族就不能学一下曹操孙坚吕布？

那时，先主应该对皇族的腐败有所感悟。可惜他只迷惘了一下，又心平气和了。

隐患就这样潜伏着，直到穷途末路。

7

一

我既不是君子也非小人。先主知道阿斗的呆傻很不一般，先主担心阿斗把孔明先生也给泄露了。捅破生命的秘密很容易使人一蹶不振。先主亲口尝过这种滋味。先主劝孔明取代阿斗就基于此。

阿斗我干脆坦诚相告。在安葬先主后不久，就召见孔明。阿斗说：我给你做个游戏。孔明的小脸蛋就发白了。阿斗我不管这些，照说不误："相父。"

"臣在。

"相父你要是一直以诸葛亮为名，你这一生肯定是另一种样子。"

"臣不明白。"

"你就会成为张良第二。"

"天运不济，非臣之过也。"

"不，不能怪天运，怪你孔明这个名字。"

"臣不明白。"

"你应该明白。"

"臣实……实在不明白。"

"孔者大也，你是最大最大的明白人，天下没有你不明白的事，你干吗非要装糊涂？"

"陛下在暗示老臣。"

"你还是很聪明的嘛，大象无形大音稀声，大明不明，这就是你的命啊。"

"陛下你说什么？"

"大明不明，对人明不明？"

孔明白白的脸蛋变蜡黄了，像一个腹泻很重的病人。我知道今天泄露太多，立即传旨太医抢救丞相。同时传旨全国，今后对丞相一律以诸葛先生相称，不许吐露孔明两字。

我这么做纯属徒劳，诸葛后边还有个亮，他不明就亮，总是绕不过那个大明不明的劫数。

念他一生忠烈，我不能袖手旁观。我亲临病榻探望丞相。诸葛丞相气色好了许多，我叫他免礼，他硬撑着做完参拜大礼，从袖筒里抽出那篇有名的《出师表》。我明言相劝：你这是劳民伤财，仅仅为报答先主知遇之恩，也不该拿国家利益开玩笑。

在场的大臣们扑通扑通全跪下了，非要跟丞相北伐中原不可。我拗不过，只好准奏。

丞相先后在秦陇群山间折腾了六次，我不禁问他还有完没完？丞相也火了："我们不打，魏军就会入川，与其坐以待毙，还不如主动出击。"

"难道你让蜀川的石头都要流血吗？我们既然没有能力扫平天下，就看好家门过安宁日子算了。"

"照陛下的意思，魏军入川也不要抵抗？"

"我正有此打算。"

"你怎么这么糊涂这么傻!"

"傻人也会干聪明事的。"

"即使亡国,也要奋力抵抗。"

"你那样干,无非是想产生一批英雄罢了,丞相你也不想想,五虎将以后,不会再有英雄了。"

"姜维呢?廖化呢?"

"姜维是回光返照,廖化是矮子里拔将军;别说蜀国,东吴魏国也不会有英雄了,英雄时代已经结束了。"

"陛下,你不能这样想啊。"

"不是我不能这样想,天道如此,谁也没有办法。"

诸葛先生惊讶得说不出话,直到魂归五丈原,也没回过神来。

……

8

司马昭问我:"就这么完了?"

"就这么完了,不会再有英雄逞威风了。"

司马昭感慨万千:"你这傻瓜,为什么人人都会在你面前丧失勇气?"

"难道你也要丧失勇气,不做皇帝?"

"让我儿子去做,我累了。"

"你别犯傻。"

"你为什么怕我犯傻?"

"聪明人犯傻要后悔的,你若后悔就会杀我。"

"阿斗先生过虑了,我司马昭杀光天下人,也不会杀到先生头上。"

司马昭叫我先生,大家都跟着叫我先生;谁知道这是什么意思?

第 七 部

　　我一直以为司马昭之心是狼子野心，他封我安乐公的初衷确实有侮辱我取笑我惩罚我的意思，他跟我进行三次长谈以后情况就发生了微妙的变化。交流本身就说明我们有话可谈，能谈到一起，这是最让我欣慰的。他的心不算太坏，按他的本意他会跟我继续谈下去的。他已经加官晋爵到晋王了，他为司马家族开创了万世基业，他就把阿斗忘了。

　　阿斗离开洛阳的时候，轻轻叹息一声。阿斗想见一见司马昭的儿子，那个马上要做皇帝的人。我，刘禅阿斗，一个退位的前皇帝与这个将要诞生的新王朝的新皇帝完全有必要交流一下嘛。

　　真正的蜀汉只传了两代。高祖刘邦那才叫皇帝，西汉东汉合起来几十代。王朝到了末年皇家的血脉枯竭了衰败了，皇家的后代失去了叱咤风云的能力失去了满腹的韬略和才干，从高山之巅下到一马平川，无论智力还是体力都趋于平庸，都要泯然于众人之中，再让他们站在大地的峰顶，再让他们去骑那瞬息万里的神马那简直是受罪。

　　司马昭的狼子野心招天下人憎恨，惟独我不恨他，他给我谈话的机会，我谈的都是大实话。我想把这种实话实说的气氛维持下去。我想见见他的儿子，新王朝的第一个皇帝，当他登上皇位的时候，可以不考虑天下百姓，但一定要考虑自己的后代，一代二代，十几代。我不知道这个即将诞生的晋王朝能延续多少代，但总有延续不下去的时候，总有劳累过度的时候。那个疲惫不堪的皇帝不想做皇帝了，他想过寻常百姓的生活，他需要付出多大的勇气和魄力。看官，可以这样告诉你，末代皇帝走下龙椅的艰难程度一点也不亚于开国的皇帝。

我把我最悲惨的故事留在最后。我已经没有悲伤没有愤怒，我已经远离繁华的城市和高大的宅院，我在秦岭山下的小村子里，我已经心平气和了，我可以告诉你们我投降邓艾的那一幕。当我向蜀汉全国宣告放弃抵抗，迎接邓艾钟会的大军和平入川时，我的第五个儿子北地王刘谌，以死相谏，要坚守成都背水一战，等待守剑阁的姜维回师成都。我儿子刘谌直谏不成，回王府，拔出长剑砍死三个亲生儿子，把三个孩子的脑壳割下来，提到先主刘备的昭烈祠里，供奉到先主的灵位前，自己也抹脖子自杀，一家数口就这样报答刘氏的列祖列宗。这种惨烈的举动，很快得到相父孔明家族的热烈响应，诸葛瞻死在成都郊外。零星的抵抗不起任何作用，魏国大军基本上和平收取了四川。

我有五个儿子一个女儿，我最大愿望就是让他们平平安安过一辈子。我一生最大的遗憾是没有劝住老五刘谌，至少也要保住那三个孩子，孩子太小，孩子不明白杀身成仁，舍生取义，以露珠般脆弱的小小生命去报答七八代甚至十几代的连味儿都闻不到的老祖先，祖先真有灵的话，首先要做的恐怕是保佑后代好好活着。……我真想给司马昭讲讲北地王刘谌的故事，都是父亲，都有儿女……司马昭没有给我这个机会。他挺忙的，一边忙着统一天下，一边忙着阴谋篡魏，都是顶顶重要的大事。可我要告诉他，不要光考虑把孩子扶上马背，也该考虑下马的问题，选择什么地形，怎么放慢速度，最好是让马跑到平坦的地方，让马轻轻卧下去，那个马背上累得浑身发软的人，他可是连气都喘不上来啦，稍微摔一下就能把他摔死，即使马跑得很稳，即使马停下来了，马背上的骑手早已名存实亡不是什么捞什子骑手，他连马鞍子都下不了，就那么一点高度对他来说也如同万丈深渊，可他有办法让马卧倒，顺势一滚，就到地上了，站在大地上，那才叫放心啊。……司马昭大人，你绝对没有这个经验。你也听不到这种经验，这种经验留给你的后人去实践吧。经验不是教的，是亲身体验来的。我不知道司马家族在我们伟大的历史进程中会出现哪些好玩的事情，那一定比阿斗精彩，比北地王刘谌惨烈。这已经不是我考虑的问题了，我关心的是庄稼的收成。感谢司马昭赐给我这么一块风水宝地，他的狼子野心，惟一的善举就是这个。

我们有许多伟大的祖先，合我口味的都是种庄稼的。我收集了许多传说，我发现最早的农民并不是后稷，而是炎帝。炎帝跟黄帝打仗，打败了，就沿渭河西撤，也没有上北原，北原桥山一带是黄帝的势力范围，炎帝过不了渭河，就待在渭河南岸。秦岭山下，有一条清姜河，从秦岭腹地流出来，没有名字，炎帝在河边待久了，炎帝姓姜，大家就把这条河叫清姜河。战败的炎帝走遍了秦岭山地和渭河平原，许多粮食的第一颗种子都是炎帝亲口尝过挑选出来的，大地上最早的庄稼，从关中平原上长出来。炎帝还不罢休，还在找适合人类的食物。那时候人类才开始煮肉吃，但腥味太大，吃下去会吐出来，炎帝就在秦岭深处找到一种植物，移植到清姜河出山的地方，那大概是炎帝最重大的发现，那东西放到锅里煮出来的肉香得不得了，还可以炒着吃肉，那珍贵的调料也用了炎帝的姓，就叫姜、生姜，清姜河两岸才长那东西。生姜不是什么地方都可以种的，石头河边就不行。我手下的人都要到集市上去买生姜，价钱很高。我们的人亲自到清姜河去采购，便宜而且新鲜。他们理所当然带回来了炎帝的种种传说。据说，炎帝在清姜河上源寻找新食物的时候，吃了断肠草丢了性命。我就想到清姜河去朝拜这个伟大的祖先。

沿渭河西行七十多里路，就是清姜河，建有炎帝庙，炎帝又称神农氏，还真有神农祠。我满怀敬畏之情，上香磕头献上我们石头河边生产的稻米，还有三种祭品。日子好过了，祭品就比较气派，牛羊猪都摆上了，还有绸缎。我到生姜地里看了大半天，又去了神农镇，韩信当年就是从这里出发投奔高祖刘邦的，拜了大将军,又明修栈道,暗渡陈仓,从这里出兵攻关中,打败项羽的。韩信从清姜河边来回过了两次,千不该万不该,不该走得那么匆忙,忙着打天下,立不朽之功名,满脑子的姜子牙苏秦张仪,一点也不在乎清姜河边那个遥远而伟大的农民——那个姜姓农民。上天把韩信的成功安排在神农小镇,是很有意思的。就像上天把相父孔明的结局安排在五丈原上一样,战争与和平近在咫尺。不说韩信了,谈谈种庄稼的事情吧。

已经收集了许多炎帝的传说,我还是想听清姜河边老人们亲口讲述炎帝的故事。这个战败的部落,酋长放下武器,一门心思地寻找适合人类的食物。人们把他跟那个爱打仗的黄帝并列在一起,人们还是热爱和平的。清姜河边的老人们说得就更神奇了,我还从来没有听过这么神奇的故事。据老人们说,炎帝之所以有尝百草的功能,就因为他的肠胃内脏跟常人不同,吃什么东西都不拉肚子,也不怕中毒。更神奇的说法是他通体透亮,心脏肠胃都能看得见,是个水晶肚子,藏不住秘密,心里想什么,腹中有什么神机妙算,人家全都清楚,跟黄帝对阵连吃败仗。他的天性就不适合打仗,长得高大威猛手脚灵活,那是为爬山越岭作准备的。炎帝很聪明,知道自己的所长,便顺从天性,到大自然里去了。有关水晶肚子的说法,大概是在他尝百草的时候,野果野草什么都吃,越吃肚皮越薄,就成了水晶肚子。炎帝不但要把碰到的植物尝一遍,还要看看它们在肚子里面是怎么变化的。好吃的就放在左边的袋子里,成为粮食,不好吃的就放在右边的袋子里,作药用。据说炎帝尝到的第一种植物并不是植物,是一种嫩尖尖的小绿叶子,咽到肚子里就能看见这叶片跟鱼一样在肠子里上下游动,五脏六腑都游完了,全都擦洗得干干净净,清清爽爽,就跟秦岭山地清澈的河水一样,鱼儿在清水里游玩,鱼儿游得越欢,河水就越清澈,这种奇妙的叶片比鱼儿厉害多了,把炎帝的五脏六腑上上下下巡查好几遍,一个角落都不放过,炎帝就把这叶片称为“查”,人们把“查”念白了,叫它为“茶”。炎帝辛辛苦苦尝遍百草，每天都要中毒，都亏了茶来解救他。据说炎帝放在左边袋子里的能让人吃的植物有四万七千种，右边袋子里给人治病的植物有三十九万八千种。据说有一种断肠草不能吃，吃了的话无药可救。天下谁也没见过断肠草，那时候，所有的植物连名字都没有，炎帝品尝后给它们起了名。炎帝走遍大江南北，走到秦岭西边了，好像得到了上天的启示，冥冥中知道有这么一种植物要他的命。他小心翼翼，还是不放弃。据说秦岭山地是普天之下植物品种最多的地方，秦岭之南是南方，秦岭之北就是北方了，炎帝奔走在南方北方之间，他已经发现那么多植物了，可还有一些植物尚不为人类所了解。在他之后，不会再有长水晶肚子的人了，炎帝是知道这个的。炎帝在清姜河上源发现了大地最好的作料姜，炎帝就像找到了自己的生命一样，用自己的姓氏命名这个神奇的植物。炎帝也知道生和死是连在一起的，断肠草就在附近。这是没有办法的事情，这地方植物密集品类繁多，天下少有，炎帝一生最辉煌的时刻就在这个地方。发现生姜不久，炎帝乘胜向前迈进，应该有更神奇的植物。……相父你知道吗？那地方就在关中通往四川的险道上，就在司马错伐蜀韩信出奇兵、您和姜维频频北伐的山地里，炎帝在这里误食了断肠草。他把叶片刚放进嘴里，没来得及咽，肠子就一节一节地断开了，来不及吃茶叶，眼睁睁看着自己的肠子跟结绳一样被挣断了。"神农尝草千千万，可治不了断肠伤"，这是多么令人感动的结束啊！……张良就隐居在附近山里，建有张良庙。张良选中这个地方安度晚年，是很有意思的。张良张子房要放弃他那些奇谋良策，排泄掉他那一肚子坏水鬼主意，恢复人的天良，他就选中了这个地方。让山风吹透胸膛，让清泉荡涤发黑的肠胃，天人合一，返璞归真……

那个奇妙的水晶肚子太令人神往了。

阿斗我返石头河的时候不停地摸自己的肚子，不停地扪心自问：阿斗！刘禅阿斗！你心里坦荡吗？你肚子里有坏水水吗？你是不是透明的？阿斗基本上是一个阳光灿烂的人。阿斗没有做过什么亏心事。总有一天阿斗会长出水晶肚子的。

我生活的那个地方不能再叫石头河了，石头河是一个比较大的地理概念，在秦岭山地就好几十里长呢，出山后直入渭河。我的封地在石头河东岸，河西是五丈原，是兵家必争之地。隔河相望，是我的寨子，还有寨子周围几十个村落，也不是真正意义上的村庄，一家一家，一片竹林子，远看是村庄，近看散开。昔日荒凉的景象不见了，平坦的土地，有水有好气候，只要肯出力就会富饶起来。渭河南岸罕见的万亩稻田出现在大地上。我的封号成了地名——安乐寨，又叫安乐乡。人们常常看见一个老者背着手，悠闲地走在乡间土路上，他一脸的安详，人们就把这个老者叫安乐乡公。狗日的司马昭，老百姓给我的封号才是真心实意的，在安乐公中间插一个楔子，安乐乡公，我一下子就成为大地一分子了，我就融进自然的怀抱了，哈哈！

再给您讲一个小故事吧。有一天，从渭北原上的县衙里来了一个差役。当初有契约，三年后征税。三年刚到，县衙就准时派差役来收税，也意味着安乐乡寨正式纳入地方政府管辖。我得出面接待，摆上丰盛的酒席，花名册也要拿出来。差役办事很利索，对我们的招待很满意。县令交代了，把安乐乡细细盘查一遍。有史以来，公家人第一次踏上这块土地，淳朴的乡民拿出最好的东西让差役享用。安乐的乡民平生所好跟阿斗我一样，不求住不求穿，但求个吃喝，吃好喝好比什么都好，这是我们的生存信念。关中的民风，崇尚耕读传家，以求功名，尤其是渭北原上各地，可谓人杰地灵，群星灿烂。我们安乐乡里，只耕不读。大家都住破房子，房顶压着稻草，连瓦都没有，衣服也不讲究。差役住了几天，临走时也实话实说："你们这里的人啊就是懒，没指望。"我们都笑笑不吭气，我派两个壮汉护送差役过河。石头河发大水，桥被冲毁了，差役气得大骂，踢那两个壮汉，壮汉笑笑，扳倒两棵杨树，用绳子扎起来，请差役坐上去，差役的火气就消了。两个壮汉喊着号子抬着差役，向河对岸挪动，浪很大，走得很艰难。我远远看着，有人要去帮忙，我说不用，又说："他们是关羽、张飞的后代，一条河是难不住他们的。"

1993年秋奎屯
1996年春宝鸡
2003年夏西安

为愚人而歌

——《阿斗》断想

红　柯

西域十年归故乡，从《奔马》《美丽奴羊》《鹰影》《靴子》《狼嗥》《金色的阿尔泰》《库兰》到《西去的骑手》，写的全是大漠雄风、血性强悍、金戈铁马，全是英雄意识全是硬汉。我本人自中学冷水浴，居天山脚下，零下三十度薄衣晨跑，胡须结冰，血热暴烈，文如其人。

但我还有另一面，我是个笨人，笨到什么程度？小时候我妈担心我如何长大？总是拿村子里聪明孩子做榜样，陕西农村把聪明人形容为"鬼"，"娃鬼大"，我妈长年累月唠叨我鬼不大，我就有了逆反心理，打心底鄙视"聪明""鬼大""机灵"，我理所当然地一路笨下去，代价是很大的。成家后，妻子对我的担心不是一般男人的毛病，还是笨，知夫莫如妻，妻不让我笑，红柯不笑，面相凶，让人发怵，稍微一笑就不行了，完全是幼儿般的毫无城府毫无心计的开心开到透明的笑。我远走新疆是有道理的，按陕西人的说法，棋不往东下，拳不往西打，关中西起宝鸡，东至潼关，从宝鸡往东，智慧啊，聪明啊，心眼、心计，太不适合红柯生存了。往西，尚武不尚智，粗犷、单纯、鬼气少而人气旺，再往西呢，就有了人性的至极神性。实话实说，《西去的骑手》与《阿斗》均写于大漠。尕司令身上有一股顽蛮单纯之气，所以他败于阴险的盛世才。顽蛮单纯正是我在大漠的体验，暗合我的天性。据说老子过潼关到西域去了，邱处机可是实实在在走了一趟西域。西域有道，也有玄奘的佛，后来就是穆斯林的"清真"，是淳朴之地，是真境花园。我在戈壁滩上看到白骨，有人的，有兽的，有戈壁作陪衬，就格外触目惊心，这才叫赤裸裸，这才叫本质。我曾拣起一个骷髅，问他生前的一切，欲望，心计……人类所共用的一切幸与不幸，活着的时候为什么不好好活？我的眼泪都下来了，我的所想所悟其实与这个骷髅没有关系，但从那刻起我大彻大悟了，我还跟小时候一样，面对阴谋，面对灾难，打心眼里鄙视。

小学三年级读"三国"，崇拜英雄，而立之年在大漠深处开始感觉到阿斗的可爱。开始在课堂上讲这些感悟，如何让学生笨，这是一个十分浩大的工程，讲老庄还不行，找到几十种西方经典，总算有了理论根据。我开设的课叫《文学与人生》，从伊犁州技工学校讲到宝鸡文理学院，讲到目前执教的陕西师大。阿斗这个角色还得笨人来写，《金瓶梅》中应伯爵那样的人写不了阿斗，表现不了阿斗，不对路，找不到感觉，再怎么折腾也不行。《阿斗》写于一九九三年，最初以中篇发表在《莽原》一九九八年第一期，《阿斗》最终以长篇来完成，节选发表在《当代·长篇小说选刊》二〇〇八年第二期，两个月后，登上"读者阅读排行榜"第三名，我深感荣幸。感谢中国青年出版社，二〇〇〇年"走马黄河"的活动，我们有过很好的合作，出版过我的《手指间的大河》，这次又给长篇《阿斗》以出版的机会。

最后说一下：阿斗的封地在陕西岐山安乐乡，我是岐山人，我们是乡党。

(京)新登字 083 号

图书在版编目(CIP)数据

阿斗/红柯著. —北京:中国青年出版社,2008

ISBN 978-7-5006-8353-7

Ⅰ. 阿... Ⅱ. 红... Ⅲ. 长篇小说—中国—当代 Ⅳ. I247.5

中国版本图书馆 CIP 数据核字 (2008) 第 114692 号

责任编辑:黄宾堂

*

中国青年出版社出版 发行

社址:北京东四 12 条 21 号 邮政编码:100708

网址:www.cyp.com.cn

编辑部电话:(010) 64034340 营销中心电话:(010) 84039659

北京盛兰兄弟印刷装订有限公司印刷 新华书店经销

*

660×970 1/16 11.75 印张 2 插页 145 千字

2008 年 10 月北京第 1 版 2008 年 10 月北京第 1 次印刷

印数:1—15000 册 定价:20.00 元

本图书如有印装质量问题,请凭购书发票与质检部联系调换

联系电话:(010)84047104